LE RÊVE

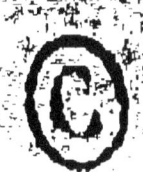

Est-ce vous, Fanny, que je revois?

LE RÊVE

ou

PROMENADES

DANS LES ESPACES IMAGINAIRES

PAR

EDME ROUSSEAU

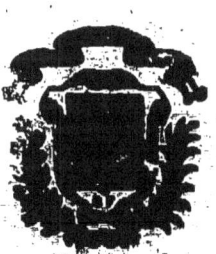

LIMOGES

BARBOU FRÈRES, IMPRIMEURS-LIBRAIRES

INTRODUCTION

Je venais de termiuer mon voyage dans LA
LUNE, LES AUTRES PLANÈTES et dans le SOLEIL
lorsque mon bon Génie Za me transporta de cet
astro sur la terre, à l'endroit même d'où il
m'avait enlevé. Avant de vous quitter, lui dis-je,
j'aurais une demande à vous faire ? Laquelle ? Je

1..

désirerais aller visiter l'espace au-delà des étoiles fixes, où l'on suppose qu'il y en a d'autres beaucoup plus éloignées, et que nos astronomes n'ont encore pu découvrir ; c'est cet espace que j'appellerai IMAGINAIRE, que je désirerais aller visiter pour connaître la vérité. — Ce que vous me demandez sera peut-être difficile à obtenir, car c'est bien loin, et qu'il faut beaucoup d'années pour y arriver ! Mais il existe d'autres espaces imaginaires, que vos savants ne connaissent peut-être pas, quoique leur distance soit beaucoup plus rapprochée, et où il me serait possible de vous transporter. Je vais en parler à notre chef Zadir, et je vous accompagnerai, s'il le permet ; dans le cas contraire, je vous ferai accompagner par deux génies de l'air, qui me sont subordonnés : un sylphe et une sylphide, sa sœur ; ils vous seront fort utiles, sans aucun doute, dans ces espaces où tout est si différent des planètes que vous avez visitées, et où probablement beaucoup d'événements vous attendent ;

mais je leur donnerai l'ordre et le pouvoir de vous protéger pendant tout votre voyage, et lorsqu'il sera terminé, ils vous ramèneront ici. Quand voulez-vous partir? — Quand vous le jugerez à propos. — Je vais les prévenir de se pourvoir de provisions suffisantes pour le voyage. Mon bon génie me prévint quand tout fut prêt pour ce long voyage, et nous partimes le lendemain. Nous arrivâmes trois jours après notre départ dans les espaces imaginaires.

I

Les espaces imaginaires sont situées en différentes parties de l'immensité ; ils sont inconnus des savants : ce ne sont pas des planètes qui tournent sur elles-mêmes et circulent dans le zodiaque ; leur seul mouvement est l'oscillation, comme celui d'un pendule. Ce sont des îles,

plates sur la surface supérieure, et rondes par-
dessous, ce qui leur donne la forme du tambour
appelé timbale en usage dans la cavalerie. Cette
partie inférieure étant plus élevée que le soleil,
reçoit la lumière de cet astre , et la partie supérieure reçoit celle des étoiles fixes , qui sont autant de soleils. Dans les temps nébuleux, ces
îles sont éclairées, en partie, par des oiseaux
de feu, comme il y en a en Amérique, qu'on appelle Firebird ; ces oiseaux sont en grand nombre autour de ces îles, où ils trouvent leur nourriture. Ces îles sont assez nombreuses; la plupart
sont innomées, parce qu'elles sont petites et
inhabitées : elles forment des cyclades, et des
attollons dans les archipels. Les plus connues
dans ces îles sont celles des Rêveries, des Fictions, des Illusions, des Prestiges, des Prodiges
et des Merveilles. Outre ces îles, il y a une
réunion d'îles en forme de delta, dont les trois
principales, qui occupent les angles, sont l'île des
Chimères, des Métamorphoses, et celle des Vi-

sions. Puis il existe d'autres îles dans un espace
voisin, je dis voisin, parce qu'il n'est éloigné
de celui où nous sommes maintenant que de cinq
mille lieues ; je l'ai appris de mon sylphe ; mais
en voyageur véridique, je ne parlerai de ces îles
que lorsque je les aurai visitées.

A notre arrivée dans les espaces imaginaires,
nous descendîmes sur l'île des Rêveries, où nous
vîmes des êtres de forme humaine qui marchaient
ou se promenaient en silence ; ils nous virent,
probablement, mais ils ne parurent pas étonnés;
leurs pensées, s'ils en avaient, erraient sans aucun doute dans le vague des airs ; leur tacitur-
nité ne présentait pas des hôtes fort aimables.
Les hommes et les femmes paraissaient être de
la même humeur ; les enfants seuls paraissaient
plus éveillés. Hommes, femmes et enfants al-
laient tout nus ; les femmes seules avaient à
mi-corps, pour ceinture, une liane qui portait
quelques feuilles. Ces gens-là ne paraissaient pas
fort hospitaliers. Je faisais ces remarques à voix

haute ; mon sylphe les entendit, et, comme le frère et la sœur pensaient comme moi, ils me transportèrent sur l'île des fictions en quelques minutes. Là, nous vîmes des êtres à forme humaine, il est vrai, mais avec une tête allongée, à yeux doubles de chaque côté, comme les poissons appelés *anablepses*; d'autres à bec d'oiseau au lieu de mâchoire, comme les animaux de ce nom qui existent dans la Nouvelle-Hollande ; d'autres n'avaient qu'un œil au milieu du front, comme certain Crustacé appelé *Polyphême*; d'autres avaient une bouche si petite qu'on la voyait à peine, et, sous ce rapport, étaient comme ces animaux appelés *anostomes* ; d'autres, et en grand nombre, ressemblaient à des singes, à l'exception qu'ils n'avaient pas de queue ; d'autres avaient une tête comme celle du cheval ; d'autres, enfin, à museau de lion, comme la lèpre des Arabes, appelée *léontiasis*. Tous ces êtres étaient d'un aspect effrayant, d'autant plus qu'ils avaient le cri des singes, le hennissement du cheval et le rugissement du lion. Je regrettai d'avoir entrepris ce voyage; mais j'étais en route et j'espérais trouver des peuples moins laids dans les autres îles. Alors je demandai à mon sylphe de me transporter à l'île des Illusions. Arrivé sur cette île, je trouvai que tout avait une apparence fort agréable : les hommes étaient assez bien, au moins en apparence ; les femmes me parurent jolies. Nous fûmes très-bien accueillis par ces insulaires, qui nous reçurent dans leurs huttes, construites de branchages et de boue ; mais que je trouvai fort propre à l'intérieur.

L'atmosphère était épaisse ; l'air était chargé de gros nuages que la clarté des étoiles fixes ne pouvait traverser entièrement ; on ne recevait que par intervalles la lumière fugitive des oiseaux de feu, et celle des lampyres, qui étaient sur les herbes et sur les buissons, dont la hutte où j'étais était entourée. Ces lampires ou vers luisants jettent autant de lumière qu'une bougie, et la multitude de ces insectes produit une grande clarté, au moins assez grande pour ne pas être dans une entière obscurité; mais lorsque l'aurore paraît, tout cet éclairage est bientôt remplacé par la lumière du jour, à laquelle on juge mieux des choses.

Je m'étais jeté sur une espèce de lit placé sur le plancher dans un coin de la hutte; à mon éveil, je me trouvai couché sur une natte grossière, et la tête posée sur une botte de plantes sèches; malgré la dureté de cette couche, j'avais fort bien dormi; un rêve agréable m'avait transporté sur mon propre lit à sommier élastique, et en bois d'acajou; entouré de rideaux suspendus à une couronne attachée au plafond et ornée d'élégantes draperies. Je sommeillais alors, et ce léger sommeil fut interrompu par la clarté du jour, qui fit disparaître et rideaux et draperies. Je ne vis plus à leur place qu'une foule d'insectes et de petits animaux tous remuant, courant, s'agitant, se démenant, sautillant, cabriolant; et pour que tout fut en harmonie, j'avais sur le plancher du bas le sifflement des reptiles et le coassement des grenouilles et des crapeaux. C'était une complète cacophonie, quand, tout à coup, tous ces sons discordants firent place à une douce harmonie, à une délicieuse symphonie qui ravit mes sens et me tira de mon assoupissement. Je m'éveillai donc tout-à-fait, et je ne vis plus rien de ce que j'avais vu, je n'entendis plus rien de ce que j'avais entendu, et je fus convaincu que j'avais été le jouet d'une illusion.

Je me levai de ma couche, ma toilette était toute faite, et je sortis pour respirer l'air du matin et me promener dans l'île, où j'espérais rencontrer mon sylphe ou ma sylphide sous quelque forme ; car je ne les connaissais pas ; ils étaient invisibles pour moi, comme l'était mon bon génie Za ; mais il était probable que mon sylphe me parlerait pour savoir si je n'avais rien à lui demander ; je ne pouvais pas l'appeler, puisque je ne savais pas son nom ni celui de sa sœur ; j'avais oublié de m'en informer. Je sortis donc, et, à la porte de ma hutte, je me trouvai en face de mon hôte et de mon hôtesse, qui me saluèrent en portant leurs mains sur leur tête et en me disant : *Salamicadi* ! Je répondis à leur politesse, et je recommençai ma promenade.

Environ une demi-heure après mon départ de la hutte, je m'assis au pied d'un arbre ; l'air subtil de cette île avait éveillé mon appétit, quand tout à coup m'apparut une femme charmante, aux manières et aux gestes gracieux, qui me rappelèrent Fany Elsler dans son rôle de la Sylphide; je m'écriai :

— Es-ce vous, Fanny, que je revois?

— Nou, me répondit-elle ; je suis la sylphide, sœur du sylphe qui vous accompagne. Mon frère m'a chargé de vous apporter ce petit panier dans lequel vous trouverez votre déjeuner.

— Je vous en suis bien reconnaissant , mais j'ai à vous prier de me dire quel est le nom de votre frère?

— Le nom de mon frère est Zico ; c'est le nom.

que vous prononcerez trois fois à haute voix quand vous aurez besoin de lui.

— Et le vôtre, puis-je vous le demander ?

— Le mien est Zica ; mon frère a de la sympathie pour vous et s'acquittera avec plaisir des ordres qu'il a reçus de son chef, le génie Za.

— Mais quel titre dois-je vous donner quand vous me ferez le plaisir de venir me visiter ?

— Aucun, me dit-elle, Zica tout simplement. Quand vous aurez besoin de mes services, vous m'appellerez en prononçant trois fois : Zica ! Zica ! Zica ! et aussitôt je serai près de vous. Mais il est tard, et vous devez avoir besoin de manger. Je vous quitte pour retourner auprès de mon frère ; mais, avant de vous quitter, dites-moi comment vous avez passé la nuit ?

— J'ai assez bien dormi, quoique assez mal couché.

— Voulez-vous changer d'île, j'en préviendrai mon frère ?

— Je le voudrais bien., mais m'y accompagne-rez-vous ?

— Nous avons reçu l'ordre de vous accompagner partout où vous désirerez aller.

—Alors je désirerais aller dans l'île des Prestiges.

—Très-bien, je vais en parler à mon frère, et probablement nous ne tarderons pas à nous y rendre. En attendant notre départ, reposez-vous pour réparer la fatigue que cause une mauvaise nuit passée sans sommeil.

— A ces mots, elle disparut. Je déjeûnai, et, après ce repas qui m'était nécessaire, je m'appuyai sur l'arbre au pied duquel j'étais assis, et je m'endormis.

II

Je ne sais combien de temps dura mon sommeil; mais j'en fus tiré par une clarté subite qui frappa mes paupières appesanties. Je m'éveillai en sursaut, et mes yeux furent éblouis par l'éclat d'une vive lumière provenant d'une nuée d'oiseaux de feu qui passaient au-dessous de nous. Alors Zico me dit :

— Nous serons dans un instant sur l'île des Prestiges, dont la capitale est Lutèce.

— Lutèce ! m'écriai-je ! comment ce nom est-il parvenu jusqu'ici ? Cet ancien village, composé de huttes ? ces huttes, il est vrai sont devenues, pour la plupart, des hôtels somptueux, des palais : les Tuileries, le Louvre, Notre-Dame, ont été édifiés sur l'emplacement occupé autrefois par ces misérables huttes !

— Regardez, voici l'île des Prestiges, vous devez apercevoir sa capitale ?

Je regardai et je restai immobile de surprise en voyant sous mes yeux tous les admirables monuments qui embellissent la moderne Lutèce, ce Paris, admiré de tous les étrangers, où les sciences et les arts florissent et semblent s'être donné rendez-vous. Je ne pouvais rassasier le plaisir que j'éprouvais à contempler cette ville que j'aime tant à parcourir des yeux ; mais est-ce donc une illusion ! car je ne reconnais plus la plupart de ses rues ; à leur place je vois ou des places, ou des squares, ou des rues nouvelles bordées de maisons magnifiques, et toutes sont sculptées, ornées de balcons; toutes ces rues sont larges et magnifiques ; je ne vois plus ce dédale de petites rues étroites et sales qui étaient latérales à la rue Saint-Martin ; tout ce quartier fangeux a disparu pour faire place à des rues fort belles et bien aérées. La rue Saint-Martin elle-même est disparue; à sa place, je vois un superbe boulevard qui traverse ce grand quartier de Paris; partout je n'aperçois qu'embellissements. Le Louvre, qui déjà était si beau, est maintenant d'une admirable somptuosité, où le grand et le beau sont réunis par un goût exquis ! Il fallait un génie pour terminer ce bel ouvrage digne du Parthénon de la nouvelle Athènes.

Si le beau jardin des Tuileries, si les Champs-Elysées, si le beau palais que j'y remarque, si l'Hôtel-de-Ville, la Bibliothèque, et tant d'autres monuments que j'aperçois ne sont qu'un prestige, une illusion, je ne m'en plains pas, je leur dois quelques instants de bonheur !

Peu de temps après , Zico me déposait à Lutèce, dans un hôtel de la Chaussée-d'Antin, que j'avais habité avec ma famille pendant plusieurs années. Il me déposa dans le jardin, dans ce jardin que j'avais tant embelli et que je faisais soigner par un excellent jardinier. La nuit était venue, je me rendis avec empressement à l'hôtel, où je trouvais réunis tous les chers objets de ma tendresse, de mon amour.

Lorsque j'entrai au salon, ce ne fut qu'un cri de joie ; j'étais entouré par ces êtres chéris qui me prodiguaient leurs caresses. La douce et vive émotion que nous éprouvions tous nous empêchait de nous exprimer autrement que par des mots entrecoupés et sans suite ; mais les larmes de joie et de bonheur que nous répandions parlaient pour nous ; c'était l'éloquence du cœur, facilement comprise par toute âme sensible. Nous dînâmes en famille ; quel bonheur pour nous qui ne le goûtions plus depuis si longtemps ! Le dîner fut long et paisible; nous parlions peu, nous avions trop de choses à nous dire ; mais nos yeux exprimaient toutes nos pensées mieux que nous n'aurions pu le faire par des paroles. Enfin, l'heure du coucher arriva, et chacun, à regret, se retira dans sa chambre ; mais aucun de nous ne goûta les douceurs du sommeil. Comment dormir après tant d'émotions? Aussi fûmes-nous levés de bonne heure.

J'ignorais tous les désastres, tous les changements arrivés dans l'hôtel. Après notre ruine, il avait été vendu à des entrepreneurs ; toutes les jolies choses que j'avais fait construire avaient été abattues ou démolies. J'en éprouvai un serrement de cœur; mais je ne me laissai pas abattre; mon courage ne m'abandonna pas, et celui de ma femme et de ma sœur ne faiblit pas. Nous fîmes une nouvelle entreprise qui prospéra d'abord, mais qui fut détruite par une révolution dans Paris. Je passai la journée dans ma famille, et, le lendemain matin, en m'éveillant, je ne vis personne de ma famille auprès de moi. Je pensai et fus convaincu que tout ce qui m'était arrivé d'heureux était un rêve, une illusion qui s'évanouissait ; le malheur seul était réel, il était resté. Cet hôtel, ce lieu si plein de bonheur pour moi, n'était plus à mes yeux qu'un squelette qui me rappelait à chaque pas, à tous moments, ce temps heureux, si regrettable, que j'y avais passé ! je ne pouvais plus m'y faire, et je résolus d'en partir.

J'appelai mon sylphe et lui dis que je désirais aller dans l'île des prodiges.

—Très-bien, me dit-il, nous partirons demain avant le lever du soleil. Préparez-vous, couchez-vous tout habillé, et nous vous transporterons à l'île des Prodiges.

III

Le lendemain, au lever du soleil, nous étions en vue de l'île des Prodiges. Je dormais profondément; Zica me réveilla, et mon sylphe me dit :

— Voici l'île des Prodiges, dont la ville capitale, que vous voyez d'ici, s'appelle *Prodigium*.

— Je contemplai cette île, qui me parut fort
singulière en ce que toutes les maisons, tous les
monuments, tous les édifices étaient penchés ;
mais mon étonnement dura peu ; je me rappelai
la tour penchée de Pise, en face le Baptistère, et
la tour penchée de Bologna, appelée *asinelli*,
alors je n'y trouvai rien de surprenant ; mais que
c'était singulier, fantastique, capricieux ; car,
pour moi, ce n'était pas un phénomène, une
chose extraordinaire ; mais je m'attendais à trouver les habitants bizarres, originaux.

Zico, comme lui avait recommandé mon génie
Za, me donna la faculté de comprendre et de parler la langue des insulaires des espaces imaginaires. Il me déposa au portail d'une maison de
grande apparence et qui n'était pas penchée.
Lorsqu'on m'aperçut, les gens de cette maison
vinrent auprès de moi ; les uns étaient noirs,
d'autres d'un blanc blafard, comme celui des
albinos, qu'on regarde dans l'Inde comme des

êtres dégénérés qui ne sortent et ne voient que la nuit; on les appelle kakerlak, on les appelle aussi nègres-blancs. D'autres étaient de différentes teintes. La nuit approchait; j'étais entouré de tous ces gens accourus pour me voir; j'étais, pour eux, un sujet de curiosité. Le bruit qu'ils firent fut entendu par la maîtresse de cette maison, qui voulut en connaître la cause. On lui répondit que c'était un homme comme on n'en avait jamais vu; qu'il était étranger et semblait attendre qu'on lui offrit l'hospitalité. Cette dame, qu'on appelait Belladone, était d'une grande famille de la ville de Prodigium; elle voulut me voir et donna ordre qu'on me fit monter dans une petite pièce attenante à celle qu'elle occupait. On exécuta ses ordres, et l'on vint m'inviter à me rendre auprès de cette dame. Je montai par un escalier magnifique, à peu près dans le genre des nôtres; on me fit entrer dans la petite pièce que la dame avait indiquée, et, bientôt après, je vis entrer une femme dont la beauté m'éblouit.

Elle s'aperçut sans doute de mon trouble; car elle me dit :

— Ne vous inquiétez pas ; vous êtes dans ma maison, vous recevrez tous les secours et tous les soins de l'hospitalité ; mais puis-je, sans vous offenser, vous demander qui vous êtes? Car vous êtes étranger et d'un pays que, sans doute, je ne connais pas ; à vos manières distinguées, je juge que vous êtes de bonne famille.

— Vous ne vous êtes pas trompée dans votre jugement, Madame ; je suis, en effet, de fort bonne famille ; l'instruction que j'ai reçue a fait naître en moi le désir de connaître tout ce qui existe dans l'immensité. Je suis né sur une planète qui est dans cette immensité, et qui est éloignée de votre île à la distance de trente milliards de lieues.

— Comment, s'écria-t-elle, vous avez pu venir d'aussi loin?

— Oui, Madame.

— Mais comment avez-vous fait, vous n'avez pas d'ailes ?

— Non, Madame ; mais j'ai été transporté sur votre île par une puissance surhumaine qui me protége et m'a déjà donné les moyens de visiter plusieurs planètes, et même le soleil !

— Le soleil, s'écria-t-elle ; comment, vous avez été dans le soleil, et vous n'y avez pas été brûlé ?

— Non, Madame.

— Mais vous dites des choses qui tiennent du merveilleux.

— J'en conviens, Madame, et, avant d'avoir connu et visité cet immense globe de feu, j'aurais pensé comme vous ; mais les observations faites par les astronomes m'avaient appris que le centre du soleil n'était pas brûlant, puisqu'il est habité, et que la chaleur ne nous vient que de son disque où monte la chaleur de cette mer de feu que les astronomes appellent la photosphère, c'est la partie la plus lumineuse du soleil et d'où par-

2..

tent ses rayons, qui éclairent, fécondent, échauffent tout ce qui existe dans l'univers, et produisent la maturité des fruits que nous donnent les végétaux. Sur votre île, vous ne jouissez pas entièrement de tous les bienfaits du soleil, parce qu'elle est située au-delà de son élévation, et qu'il ne l'éclaire que par dessous ; mais ce dessous n'en est pas fort éloigné, et reçoit ses rayons presque horizontalement, et principalement ses rayons verticaux, qui donnent au centre de votre île une chaleur presque égale à celle des volcans que nous avons dans le centre de notre planète. Vous jouissez donc des mêmes avantages que nous possédons sous ce rapport ; mais il n'en est pas de même pour la surface supérieure de votre île ; elle n'est que peu éclairée par le soleil ; mais elle reçoit par dessous la chaleur nécessaire à la végétation, qui doit être fort belle. La partie supérieure de votre île reçoit la lumière des étoiles fixes qui sont autour du soleil. Vous avez, en outre, cette multitude d'oiseaux de feu qui

entourant votre île et l'éclaire pendant la nuit,
et cette autre multitude de lampes qui éclairent
la campagne. Ces avantages ne sont pas, sans
aucun doute, comparables à ceux que nous possédons sur nos planètes, qui toutes tournent sur
elles-mêmes et autour du soleil, qui seul, reste
immobile au centre de l'univers.

Belladone, que j'appellerai *Bella donna*, prê-
tait la plus grande attention à ce que je lui disais;
elle ne détournait pas ses yeux de moi, et paraissait tout étonnée des choses que je lui disais,
et que, sans doute, elle entendait pour la première fois ; car elle poussa un profond soupir
et me dit :

— Tout ce que vous venez de m'apprendre
m'intéresse beaucoup et m'a fait le plus grand
plaisir; je vois que vous possédez beaucoup
d'instruction ; il vous sera peut-être agréable de
l'augmenter par la connaissance de l'île que
j'habite.

— C'est mon intention, Madame, et je me propose de l'explorer.

— Si telle est votre intention, me dit Belladonna, je vous offre de vous accompagner dans vos recherches ; cela vous donnera le moyen de tout examiner sans fatigue, parce que nous ferons cette petite excursion dans une barouche, et vous serez libre de vous arrêter à tous les endroits qu'il vous plaira d'examiner ; et, si vous le voulez, nous irons visiter Prodigium, ville capitale de cette île.

— J'accepte votre offre avec grand plaisir, Madame, et même avec reconnaissance.

Nous nous mîmes en route le lendemain matin dans une petite calèche tirée par deux animaux, espèces de rennes, du genre cerf, fort légers à la course.

La campagne de cette île est charmante ; la végétation y est prodigieuse par la beauté, la variété et la fraîcheur des plantes, qui toutes m'étaient inconnues ; mais n'en attiraient pas moins mon admiration. J'en demandais les noms à Belladonna; mais elle ne les connaissait pas. Les arbres étaient d'une beauté surprenante, leurs fruits étaient admirables ?

Nous arrivâmes à un petit bois qu'il fallait traverser; nous nous trouvâmes dans un carrefour où Belladonna me proposa de nous arrêter pour faire reposer notre attelage. Nous descendîmes de la barouche, et nous nous assîmes aux pieds de ces grands et beaux arbres dont le carrefour était entouré ; nous goûtions le plaisir que l'âme éprouve à contempler les merveilles de la création.

— Ne trouvez-vous pas, dis-je à Belladonna, que les pensées sont plus douces lorsqu'on se trouve en face des œuvres de Dieu.

— Qu'entendez-vous par Dieu , me dit-elle?

— J'entends par Dieu , lui répondis-je, l'Être souverain qui a créé tout ce qui existe dans la nature : ce beau ciel que nous contemplons, cette terre que nous habitons , toutes les plantes dont elle est ornée, tous les animaux, et ces charmants oiseaux dont les chants ravissants chantent les louanges de leur Créateur !

Nous avions en ce moment le concert harmonieux de nombreux oiseaux qui étaient sur les arbres au pied desquels nous étions assis ; Belladonna me prit la main et la serra, en me disant :

— Que venez-vous de m'apprendre, mon ami, vos paroles viennent de me causer une impression que je n'avais jamais ressentie ! Et vous croyez que c'est Dieu, dont vous venez de prononcer le nom, qui a créé toutes ces belles choses ?

— J'en suis persuadé, Madame, et depuis 5864 ans qu'il a tout créé, tout est resté dans le même état : après avoir créé le ciel, Dieu créa les anges pour annoncer et faire exécuter ses ordres ; ensuite Dieu créa le Firmament, où il plaça le soleil, qu'il créa ainsi que les planètes et les étoiles ; ensuite il créa les poissons et les oiseaux. Le sixième jour, il créa les animaux et l'homme, et termina par le chef-d'œuvre de la nature en créant la femme !

La sagesse de Dieu est si profonde, que tout ce qu'il a créé subit sa loi suprême : le soleil est immobile au centre de l'univers où Dieu l'a placé ; les planètes tournent autour de lui et en reçoivent la lumière que quelques-unes, appelées lunes, transmettent à d'autres planètes par la réflexion pendant la nuit.

Pour les hommes et pour les animaux, sa divine providence a prévu et pourvoit à leurs besoins ; car Dieu, par son immensité, est présent partout et en même temps dans toutes les parties de l'univers. C'est pourquoi Dieu voit tout, sait tout, et pourvoit à tout; c'est ce qu'on appelle la Providence!

Tous les animaux trouvent sur la terre la nourriture qui leur convient. Qui leur donne cette nourriture, si ce n'est celui qui les a créés?

Les poissons trouvent leur nourriture dans les

eaux ; les oiseaux, la trouvent sur la terre et dans l'air ; les insectes la trouvent partout.

Les quadrupèdes la trouvent dans les végétaux et dans les animaux.

Les hommes qui habitent les pays où l'agriculture est inconnue, reçoivent leur nourriture des bandes d'oiseaux de passage qui s'arrêtent sur leurs terres ; mais leur principale nourriture est celle des poissons synagélotiques, c'est-à-dire qui nagent par bancs ; les harengs particulièrement, dont la fécondité est prodigieuse.

Les peuples qui font leur nourriture des poissons sont appelés ichtyophages ; d'autres sont acridophages, ils mangent des sauterelles.

Les carnivores se nourrissent de chair.

Les habitants du royaume de Siam , dans l'Inde , se nourrissent de chair et de poissons crus.

Les habitants du détroit de Bavis, dans l'Amérique Septentrionale, qui sépare le Groenland de la Nouvelle-Bretagne, se nourrissent de même.

Les géophages sont quelques peuplades de sauvages que la faim réduit à manger de la terre.

Les antropophages, sauvages qui mangent la chair humaine.

Les peuples dont je viens de parler font partie de ces peuples appelés barbares, c'est-à-dire non civilisés : paresseux, sans aucune industrie, sans aucune sagacité, sans aucune intelligence.

L'homme est né sans industrie, il est vrai ; mais il avait à profiter des idées de Dieu, dont le type se voit dans toute la nature ; il pouvait aussi profiter de l'instinct des animaux, qui apportent en naissant une industrie qui leur est propre : l'homme seul naît sans instinct, sans industrie ; il a été obligé d'acquérir cette industrie ; mais toujours par imitation ; ce n'est qu'après beaucoup de temps, de travail et de réflexions qu'il est parvenu à surpasser les animaux. Les inventions aérostatiques, les machines

hydrauliques, à la vapeur, les intruments astrono-
miques, les navires à Hélice, les chemins de fer,
les horloges, les montres, la fabrication des
étoffes ; les mécaniques, etc. ; les sciences et les
arts, prouvent que l'homme possède une portion
de l'essence divine , l'âme immortelle.

Belladonna m'écoutait avec la plus grande
attention, et me dit :

— Tout ce que vous m'apprenez me transporte
d'admiration et d'étonnement. J'admire la bonté
de Dieu, sa divine Providence ; mais je m'é-
tonne qu'il ne protége pas également tous les
hommes.

— Votre remarque est juste , Madame , mais
votre étonnement cessera quand vous saurez que
les hommes, que Dieu avait créés bons, se sont
pervertis et sont devenus méchants et ingrats
envers leur créateur ; leur iniquité devint intolé-
rable , et Dieu résolut de les anéantir par le dé-
luge universel, l'an du monde 1536 ou 1606.

Un seul homme fut sauvé avec sa femme et ses enfants, dont trois fils : Jem, Japhet et Cham ; le dernier avait été maudit par son père, ainsi que sa postérité.

— Les peuples dont je vous ai parlé, ces barbares, ces sauvages sont la postérité de Cham, et sont abandonnés de Dieu. Cependant, parmi ces hommes souillés de crimes et d'iniquités, il s'en trouve de bons que Dieu protége; car Dieu est juste et bon.

—Je comprends facilement ce que vous venez de me dire ; mais j'aurais besoin d'être instruite et de pouvoir méditer profondément sur les êtres et sur les choses dont vous m'avez entretenue ; mais que je ne comprends qu'imparfaitement. Aurez-vous la bonté de m'instruire dans les connaissances qui me manquent.

— N'en doutez pas, Madame, je le ferai avec plaisir.

— Merci, mon ami ; maintenant, voulez-vous que nous allions à Prodigium ?

— Volontiers, Madame.

Nous remontâmes dans la petite calèche et nous partîmes. J'admirai toutes les plantes sur lesquelles se répandait le luxe de la végétation. Je remarquai quelques animaux qui m'étaient inconnus, mais qui sont extraordinaires : je me proposai de visiter cette île, seul et pédestrement, afin de pouvoir dessiner plantes et animaux.

IV

La ville de Prodigium est d'un aspect fort bizarre, hétéroclite, et doit l'être également sous tous les aspects. Tous ces bâtiments inclinés étaient d'une apparence fantasque, où le caprice avait plus de part que le goût; mais ce n'était certainement pas un prodige de l'art. Nous en—

trâmes dans la ville ; mais quel fut mon étonne-
nement en voyant que tous les habitants étaient
boiteux, tous avaient une jambe plus courte que
l'autre, de sorte que des couples qui se promenaient bras dessus, bras dessous, s'ils n'étaient
pas boiteux de la même jambe, se faisaient, par
le rapprochement, des meurtrissures aux épaules
et à la tête ; mais il était vraiment bizarre de voir
partout ce mouvement fluctueux qui souvent dé-
générait en grotesque.

Belladonna fit arrêter la calèche à la porte
d'une fort belle maison, habitée par un de ses
parents, qui nous reçut avec cordialité. Nous y
séjournâmes le lendemain et le surlendemain,
puis nous revîmmes à la maison de Belladonna.
Pendant la route, je lui dis que j'avais l'intention
de parcourir l'île, seul et à pied ; car ce qui forti-
fiait cette résolution, c'est que j'avais découvert à
Prodigium une espèce de papier et des pierres
noires et tendres que je pourrais tailler en forme
de crayons. Mais Belladonna ne voulut pas con-

sentir à me laisser partir seul, parce qu'il arrivait par fois, dans cette île, des évènements fort singuliers.

— Mais, ma bonne amie, je n'ai rien à craindre, et d'ailleurs j'ai toujours conservé mon stylet, et que je porte habituellement sur moi pour me défendre en cas de besoin.

— N'importe, dit-elle, je vous accompagnerai partout ; nous parcourrons l'île ensemble dans la barouche ; je ferai arrêter dans tous les endroits que vous indiquerez ; la barouche sera fournie de provisions, et, le soir, nous reviendrons ici pour recommencer le lendemain, si cela vous plaît. Tout le temps que vous serez occupé de vos dessins, je vous attendrai dans la barouche, ou je resterai près de vous ; qu'avez-vous à dire à cela ?

— J'ai à dire que vous êtes aussi bonne, que vous êtes belle !

— Dès le lendemain nous mîmes ce projet à exécution, Belladonna ne me quittait pas ; nous déjeûnions dans la barouche, où le domestique préparait tout; ensuite j'allais dessiner, et Belladonna restait assise auprès de moi à me regarder travailler. Tel était notre plan de campagne.

Je commençai par dessiner quelques plantes et quelques petits animaux, lorsqu'un plus gros quadrupède, espèce de kanguroo, arriva devant nous. J'allais le dessiner lorsqu'il s'élança sur Bel'adonna; tirer mon stylet et le frapper fut l'instant d'un clin-d'œil; il tomba mort. Belladonna siffla son domestique, qui accourut, et lui ordonna de mettre cet animal dans la barouche, afin de l'emporter comme trophée de ma victoire. Cependant Belladonna était émue de la scène qui venait de se passer; elle me serra la main et m'embrassa; c'était la première fois, et, pour la première fois, je le lui rendis : ces baisers étaient ceux de la reconnaissance et de la plus pure amitié.

—Vous voyez, dis-je à Belladonna, que ma précaution n'était pas inutile.

— Non, me dit-elle, car je vous dois peutêtre de n'avoir pas été défigurée par ce vilain animal.

Le lendemain, je ne voulus pas qu'elle descendît de la barouche ; j'allai seul à l'endroit où j'avais tué l'espèce de kanguroo ; puis j'allai un peu plus loin où je vis d'énormes fruits semblables à des potirons. J'examinais ces produits, lorsque je remarquais qu'ils remuaient ; qui pouvait produire ce mouvement? Selon mon habitude de chercher la cause des effets, je voulus la connaître, je tirai mon stylet et en frappai le fruit, auquel je fis une ouverture d'où sortit une épaisse fumée, je le frappai fortement du pied, et il s'entr'ouvrit ; il en sortit un animal hideux qui fixa sur moi ses yeux étincelants et ouvrait une gueule menaçante. Je tenais encore mon stylet, et je lui en donnai un coup si bien appliqué qu'un sang noir s'échappa de la blessure et que, bientôt après, il mourut dans les convulsions. Je remis au lendemain la visite des autres produits. Je retournai près de Belladonna, à qui je fis hommage de ce nouveau trophée ; elle fut effrayée à la vue de ce hideux animal, et me dit qu'elle ne voulait pas que je m'exposasse de nouveau, ou qu'elle m'y accompagnerait. Cependant j'y revins le lendemain ; mais elle resta dans la barouche. Je retournai au même endroit de la veille, et je frappai un autre fruit, d'où il sortit, au milieu d'une fumée bleuâtre, une multitude de papillons aux ailes diaprées des plus belles couleurs.

Un éclat de rire que j'entendis derrière moi me fit retourner la tête, et je vis Belladonna suivie de son domestique armé d'un gros bâton.

A la bonne heure, me dit-elle, la chasse d'aourd'hui est plus agréable et moins dangereuse que celle d'hier.

Cette aventure amusa beaucoup Belladonna et lui fit désirer d'en tenter une autre.

Le lendemain, nous retournâmes au même lieu ; mais j'allai seul à l'endroit des gros fruits.

J'en remarquai un dont la forme différait des autres, et je pensai que peut-être il renfermait des choses différentes : sa forme était un carré long dont le sommet était un peu courbe. Je traçai avec mon stylet deux lignes en croix assez profondes sur le sommet, prolongées légèrement sur les côtés ; aussitôt l'écorce du fruit se fendit en espèces de valves, qui s'élevèrent à un mètre et demi environ, et formèrent une espèce de volière remplie d'oiseaux, tels que serins, fauvettes, linottes, rossignols, le colinga, au riche plumage, l'oiseau mouche, le colibri, le plus petit et le plus joli de tous les oiseaux, qui se trouvèrent renfermés dans cette volière improvisée. J'entendis un cri de joie, et je vis Belladonna qui était à quelques pas de moi, émerveillée de ce qu'elle voyait ; son domestique la suivait à quelque distance, toujours armé de son bâton, pour me secourir en cas de besoin. J'offris ma nouvelle conquête à Belladonna, qui l'accepta avec grand plaisir. Aidé du domestique, j'emportai la volière et la barouche, et nous partîmes.

Belladonna était d'une beauté ravissante ; le plaisir qu'elle éprouvait lui donnait un nouvel éclat. La soirée fut gaie, et nous projetâmes de retourner au même endroit ; mais je priai Belladonna de n'y pas vénir, parce qu'il n'était pas certain que nous n'eussions affaire, ce jour-là, qu'à des padillons et des oiseaux.

— N'importe, dit-elle, je veux y aller ; et, s'il y a du danger, le partager avec vous.

Il me fallut y consentier, et, le lendemain matin, nous nous mîmes en route comme d'habitume. Je descendis seul, et recommandais à Belladonna de rester dans la barouche, et au domestique, de ne pas la quitter un seul instant.

Je m'enfonçai plus avant que de coutume dans l'endroit où étaient les fruits. Je me trouvai bientôt entre deux berges, au milieu desquelles coulait à leur base un petit ruisseau qui donnait aux plantes dont il était bordé une exubérance prodigieuse de végétation. Parmi ces plantes , je découvris quelques gros fruits, comme ceux dont j'ai déjà parlé. Un de ces fruits attira mes regards, par son énorme grosseur. Je m'en approchai et l'examinai avec attention ; sa couleur était d'un vert très-tendre et jaunâtre ; son ombilic était entouré d'une aréole d'un beau noir. J'éprouvais quelque chose de singulier en contemplant ce végétal extraordinaire. Enfin , je voulus savoir ce qu'il contenait : je coupai circulairement , avec mon stylet, dans la ligne de l'aréole, ce qui en faisait comme un couvercle, qui se sépara avec bruit du corps sphérique du végétal et de l'ouverture ; il sortit d'abord , la tête d'un homme, puis le corps entier qui était de très-haute taille; puis il me dit :

— Qui t'a permis de venir troubler mon repos, et de détruire la demeure que je m'étais choisie ? T'ai-je fait aucun mal ? Pourquoi m'en fais-tu ?

— Seigneur, lui répondis-je tout interdit, mon

intention n'était de vous faire du mal, mais de m'instruire de toutes les connaissances que je pourrais acquérir dans les espaces.

— Je sais que c'est le motif de ton voyage dans les espaces imaginaires ; si c'eût été pour faire du mal, je t'aurais déjà pulvérisé : Zadir, dont je suis l'ami, ainsi que celui de Za et Zico, donne de toi les meilleurs renseignements ; tu peux donc compter sur mes bons offices en cas de besoin. Je m'appelle Dizzaca.

A ces mots, il disparut. De mon côté, j'allais rejoindre Belladonna à la barouche, lorsque je la rencontrai, venant à ma recherche, tourmentée qu'elle était de ma longue absence. Je réfléchi pendant la nuit à l'évènement de la journée ; je pensai qu'il serait prudent de m'abstenir de toute curiosité, et surtout de chercher à approfondir les choses extraordinaires; car cette curiosité, quoique innocente en elle-même, puisqu'elle n'avait d'autre motif que mon instruction, était cependant indiscrète et blâmable, comme on l'a vue. Pour éviter une récidive qui pourrait être impardonnable, je jugeai nécessaire et prudent de quitter l'île des Prodiges. Ce parti pris, j'appelai Zico et lui dis que je désirais aller visiter l'île des merveilles.

— C'est chose facile, me répondit-il; quand voulez-vous partir ?

— Quand il vous plaira.

— Alors nous partirons demain matin avant le lever du soleil, afin que vous puissiez jouir des effets admirables que produit son lever sur la ville capitale de cette ile, qu'on appelle *Mirabilis*.

Le lendemain matin, mon sylphe et sa sœur m'avaient transporté en vue de l'île des Merveilles, et Zico me dit :

—Regardez Mirabilis, cette ville merveilleuse, à laquelle aucune autre dans le monde entier ne saurait être comparée.

Je regardai et crus être encore le jouet d'une illusion; je ne pouvais en croire mes yeux; j'avais beau les frotter, ce n'était pas une illusion; ce que je voyais était bien réel. On comprendra mon étonnement lorsque je vis et que je pus contempler cette belle et grande ville, dont toutes les maisons, tous les mouvements, tous le édifices n'étaient pas construits sur la terre, mais suspendus, soutenus et supportés par une atmosphère qui, probablement, leur était particulière. Toutes ces constructions formaient des rues, d'autres entouraient des places; mais cette ville surprenante était sujette à de grands mouvements causés par les vents, qui souvent changeaient de place les constructions de celle quelles occupaient, et qui, par conséquent, faisaient de Mirabilis une ville toujours nouvelle.

Zico me déposa à la porte de cette ville merveilleuse; j'y entrai dans l'intention de la parcourir et d'en connaître les habitants: les hommes étaient beaux et bien faits; les femmes étaient d'une beauté merveilleuse, tant pour les traits du visage que pour la perfection des formes de leur corps, qui, chez la plupart, atteignait l'excellence. J'étais émerveillé de tout ce que je voyais, et tellement absorbé dans ma contemplation et dans mes pensées, que je ne m'apercevais pas de l'effet que je produisais sur les habitants, dont quelques-uns me suivaient, tandis que d'autres m'observaient avec curiosité.

J'arrivai dans un endroit de la ville où je remarquai plusieurs bancs placés devant l'entrée d'une maison. Je m'assis sur l'un d'eux, car j'étais fatigué : et, quelques minutes après, une fort jolie femme vint m'engager à entrer dans sa maison. A cette invitation, faite si cordialement, je me levai et la suivis ; elle me fit entrer dans une pièce où je vis une grande table couverte de différents mêts que je ne connaissais pas ; mais qui flattaient à la fois la vue, l'odorat et l'estcmac. Des bancs étaient placés autour de cette table, et déjà plusieurs personnes y étaient assises. La

dame de la maison vint me présenter la main et
me conduisit au haut bout de la table, où elle me
fit asseoir à côté d'elle ; ce que je fis avec plaisir ;
et aussitôt elle couvrit mon assiette des mêts que
je mangeai avec grand appétit, parce qu'ils
étaient bons, et que j'avais faim. Cette dame paraissait bonne et me témoignait de l'intérêt ; elle
me demanda qui j'étais, d'où je venais, et quel
était le motif de mon voyage dans leur pays, où
ils n'avaient jamais vu d'hommes comme moi ?
Je répondis à toutes ses questions. Elle paraissait émerveillée de mes réponses ; l'étonnement
qu'elles lui causaient fut remarqué des convives,
qui ne tardèrent pas à savoir ce qui avait causé
son étonnement ; et il était à supposer que je
serais bientôt connu de toute la ville, supposition
qui se vérifia promptement. La nouvelle de la
présence d'un homme extraordinaire dans Mirabilis parvint au gouverneur, qui vint me voir et
m'offrir d'être son hôte, ce que j'acceptai. Je
remerciai la dame qui m'avait donné l'hospita-

lité, et je suivis le gouverneur, qui me conduisit à son palais, où je fus logé splendidement, et servi parfaitement pour mes repas, et pour tout ce qui m'était nécessaire.

Le premier jour, le gouverneur m'invita à dîner avec lui ; mais, avant le dîner, il me présenta à sa femme, qui m'accueillit gracieusement. Elle était dans un salon décoré avec faste, assise sur un canapé dont elle occupait le bout ; et d'une beauté merveilleuse. Toutes les dames qui étaient assises auprès d'elle ne lui cédaient en rien, sous ce rapport. Je lui fis un salut respectueux, auquel elle répondit par une inclination de tête en me présentant sa main. Le gouverneur me fit passer ensuite dans une grande salle où plusieurs siéges étaient rangés circulairement au milieu ; les dames que j'avais vues dans le salon entrèrent dans la salle, précédées par madame la gouvernante, et prirent place sur les siéges préparés circulairement. A un signe du gouverneur, un domestique souffla dans un gros tuyau qui

passait à travers le parquet, et la partie autour
de laquelle les dames étaient entassées s'abaissa
et fut bientôt remplacé par une table couverte
des mêts les plus appétissants. Alors madame la
gouvernante approcha son siége de la table qu'on
avait élevée par l'ouverture du parquet ; chacun
suivit son exemple. L'écuyer tranchant rempli:
son office, et, lorsque chacun eut mangé, cette
table s'abaissa et fut presqu'aussitôt remplacée
par une autre chargée du dessert. Ensuite on
retourna au salon, où quelques dames chantèrent
d'une manière ravissante. Puis on alla se promener dans les jardins, qui étaient admirables. La
soirée était fort belle, quoique l'air fût un peu
agité ; et enfin, le vent augmentant, chacun se
retira. Mais vers le milieu de la nuit, un ouragan
se déclara ; on était ballotté dans le palais comme
si l'on avait été sur un navire, en mer, soit par
le roulis, soit par le tangage, soit par des coups
de vent, ce qui occasiona beaucoup de dégâts
dans l'intérieur du palais, et fit passer une nuit

blanche à presque tous ses habitants, en ce que les lits étaient jetés tantôt d'un côté, tantôt d'un autre ; les meubles suivaient le même mouvement : c'était un bouleversement, un renversement général.

Le lendemain matin, je sortis pour aller voir madame hospitalière, mais je ne pus retrouver sa maison, toutes étaient changées de place. Je ne reconnaissais plus les rues par lesquelles j'avais passé la veille, de nouvelles rues s'étaient formées par le bouleversement de la nuit. C'était une ville nouvelle. Cependant, je ne fus pas tenté de connaître cette nouvelle ville parce que je craignais, en m'éloignant dans ce labyrinthe, de ne plus pouvoir trouver le palais du gouverneur; c'est pourquoi je retournai sur mes pas et parvins, quoique difficilement, à le retrouver.

Je vis le gouverneur qui revenait de chez le roi pour lui rendre compte de tous les changements arrivés dans la ville par l'ouragan, et pour recevoir ses ordres. Il lui avait parlé de moi, et me dépeignit comme étant un homme doué de connaissances extraordinaires.

— Mais, lui avait dit le roi, je serais bien aise de voir cet homme; il pourrait peut-être nous indiquer les moyens de réparer, sinon le tout, au moins une partie des désastres et des bouleversements arrivés cette nuit. Dites-lui que je désire le voir, et amenez-le moi.

— Votre Majesté sera obéie. Quand veut-elle que j'aie l'honneur de lui présenter cet étranger.

— Le plus tôt qu'il vous sera possible et sans cérémonial; je désire le juger d'avance sur sa manière de se présenter lui-même.

— Le gouverneur me demanda si j'étais disposé à obtempérer au désir du roi?

— Votre expression est fort juste, car le désir d'un roi est un ordre, une sommation ; je ne puis m'y refuser, et nous partirons quand il plaira à votre Excellence.

C'est bien, me dit-il, nous allons déjeûner, et puis nous partirons.

Nous déjeûnâmes, et, aussitôt après, nous nous rendîmes chez le roi, qui me fit un accueil plein de bonté; puis il me fit beaucoup de questions sur ce qui me concernait personnellement, sur mon pays, et principalement sur les connaissances que j'avais acquises et qui occasionèrent son étonnement, qu'il manifestait par des exclamations d'enthousiasme; puis, il me parla des événements de la nuit, du bouleversement de sa capitale, qui était si belle, et qui, maintenant, avait perdu sa beauté dans la confusion; que ce malheur lui causait beaucoup de chagrin. Mais, dis-je au roi, que Votre Majesté se rassure, le mal n'est pas sans remède.

—Eh! quoi, me dit vivement le roi, vous croyez que le mal n'est pas irréparable?

—Je le crois, Sire, et si Votre Majesté veut m'en donner les moyens, j'espère pouvoir lui rendre sa capitale non-seulement aussi belle qu'elle était, mais encore plus belle.

— Plus belle ! s'écria le roi, au comble de l'étonnement. Quoi ! mon ami , vous auriez ce pouvoir.

— Oui , Sire ; mais mon pouvoir n'est autre chose que l'intelligence et l'expérience que j'ai acquise par mes études, mes observations et mon imagination.

Le roi paraissait être dans l'enchantement ; sa belle physionomie exprimait le bonheur qu'il éprouvait intérieurement; il me prenait les mains, les serrait et me prodiguait les mots et les noms les plus affectueux.

—Mais, mon ami, me disait-il, comment ferez-vous pour opérer ce miracle?

— Il n'y aura point de miracle, Sire, car la puissance d'opérer des miracles est l'attribut de la Divinité. Je n'emploierai que mon intelligence, que je dois à Dieu, et à des études approfondies. Je commencerai par dessiner un plan de la nouvelle Mirabilis, que je soumettrai à l'examen de Votre Majesté ; si elle l'accepte, alors je mettrai tout en avant pour l'exécuter. Pour accomplir cette tâche, Votre Majesté mettra à ma disposition les hommes qui me seront nécessaires dans cette opération, tels que charpentiers, serruriers, forgerons, cordiers, terrassiers, et enfin tous les ouvriers dont j'aurais besoin, avec injonction d'obéir à mes ordres.

— Cela est juste et indispensable, me dit le roi, et je vous prie d'accepter le titre de directeur-général des travaux de Mirabilis.

— Je l'accepte, Sire, parce que j'espère le mériter à votre entière satisfaction.

—Je n'en doute point, mon bon ami; vous me rendez bien heureux; et, comme je veux que chacun sache la haute estime que j'ai pour vous, et l'amitié que vous m'avez inspirée, venez aujourd'hui dîner avec moi.

Je me rendis à son invitation ; je fus annoncé par l'huissier sous le titre que m'avait donné le roi, ce qui surprit toutes les personnes qui étaient présentes. Le roi me reçut avec distinction et me présenta à la reine, qui me fit le plus gracieux accueil : tous les yeux étaient fixés sur moi ; le gouverneur, qui était présent, paraissait lui-même étonné de la grande faveur dont je jouissais auprès du roi ; car il n'en connaissait pas la cause. Mais, au dessert, le roi, s'adressant à ses conviés, prononça cette courte allocution.

« Messieurs, l'homme extraordinaire, que vous connaissez sous le titre de directeur-général des travaux de Mirabilis, semble nous être envoyé du ciel pour réparer le bouleversement arrivé la nuit dernière dans notre belle ville, qu'il pense réédifier encore plus belle qu'elle n'était avant. J'appelle donc votre concours pour lui procurer toutes les choses dont il aura besoin pour exécuter cette vaste et si utile entreprise, qui est pour le bien et pour le bonheur de tous. »

Les dignitaires se levèrent et étendirent la main

en signe d'acquiessement ; et, après le dîner, ils vinrent me féliciter, me serrer la main et m'offrir leurs services et leur amitié.

Le lendemain, je fis le plan de la nouvelle Mirabilis, que jallai présenter au roi le surlendemain. Je le lui laissai pour qu'il l'examinât à son aise ; j'avais fait un double de ce plan que je gardais pour moi. J'étais occupé à l'examiner, lorsque le gouverneur entra chez moi, dans l'appartement que j'occupais dans son palais.

— Mon ami, me dit-il, le roi m'a chargé de vous dire qu'il est impatient de vous voir pour lui donner l'explication d'un plan que vous lui avez remis, mais qu'il ne comprend pas bien. Il désire savoir ce que signifient toutes les lignes que vous avez tracées.

— Excellence, je suis aux ordres du roi, et nous nous rendrons auprès de lui quand vous le jugerez à propos.

— Alors, ce sera tout de suite, le roi dînera

plus gaîment, et sera heureux de comprendre vos projets qui l'intéressent si vivement.

Nous nous rendîmes aussitôt chez le roi, qui parut enchanté de me voir ; il me fit entrer dans son cabinet, où je vis étalé sur son bureau le plan que j'avais dessiné.

— Je vous remercie, me dit le roi, d'être venu à mon aide ; car, sans vous, il m'eût été impossible de comprendre ce que signifient toutes ces lignes.

—Votre Majesté va les comprendre à l'instant même ; je la prie de me suivre dans l'explication que je vais avoir l'honneur de lui en donner : le cercle que vous voyez au centre de ces lignes est la place où sera le palais de Votre Majesté; le double cercle représente l'espace laissée libre entre le palais et la ville ; toutes les lignes qui aboutissent au cercle qui entoure le palais sont les rues de la ville; les petits cercles, qui sont dans les lignes des rues, sont pour des places ou pour des monuments que Votre Majesté voudrait y ériger. D'après ce plan, Votre Majesté, sans sortir de son palais, pourrait voir toutes les rues principales de la ville.

—Oh! quelle excellente idée vous avez eue, mon bon ami! Consentez-vous à ce que je fasse connaître votre plan à mes ingénieurs? Je crois que cette espèce de déférence les disposera à vous seconder dans toutes vos opérations, et je pense que leur concours vous sera utile pour vous fournir tout ce qui vous sera nécessaire pour accomplir votre grand et noble dessein.

— Votre Majesté a pensé sagement; car il n'y aura pas d'amour-propre froissé, et je renonce volontiers au titre d'auteur de ce projet, pour éviter toute espèce de jalousie. La plus difficile maintenant, c'est l'exécution de ce projet gigantesque; cela me regarde; mais la coopération des ingénieurs me sera fort utile et accélérera mon exécution, en ce qu'ils me fourniront plus facilement que je ne pourrais le faire, toutes les choses nécessaires ou indispensables, ainsi que je l'ai

déjà dit à Votre Majesté; ces messieurs me pro-
cureront les charpentiers, les forgerons, les cordiers, les terrassiers qu'ils connaissent, et je
ferai exécuter par ces artisans et ouvriers les
machines dont j'ai besoin pour l'exécution. Lorsque cette opération sera terminée, j'ai le projet
de mettre toutes les maisons à l'abri d'un nouveau
bouleversement.

— Comment? me dit le roi, vous pourriez
neutraliser les effets terribles du vent, des oura-
gans?

— Oui, Sire.

- Mais, mon ami, vous acquérez de jour en
jour de nouveaux droits à ma reconnaissance.

— Vous ne m'en devez aucune, Sire; je m'ac-
quitte, autant que je le puis, des bontés que Votre
Majesté a eues pour moi, et que je la prie de me
conserver.

— Elles vous sont acquises, croyez-en ma parole royale.

Le roi convoqua les ingénieurs dans une salle

du palais, et leur présenta mon plan, qu'ils trouvèrent parfaits ; mais ils ne comprenaient pas les moyens d'exécution. Alors le roi leur proposa de les mettre en communication avec moi, ce qu'ils acceptèrent à l'unanimité et avec empressement. Le roi fixa notre réunion au lendemain, dans la salle des séances publiques, afin que personne n'ignorât que j'étais l'auteur du plan et du projet d'exécution. Je me trouvai donc le lendemain, à cette séance, présidée par le roi,

La salle était remplie par les personnes notables de la ville ; les ingénieurs étaient réunis auprès du roi. Lorsque j'entrai dans la salle, ils vinrent à ma rencontre, et nous allâmes tous ensemble auprès du roi, qui était assis devant une table sur laquelle était mon plan. Après l'avoir examiné, les ingénieurs me complimentèrent, mais ils ne comprenaient pas les moyens que j'emploierais dans son exécution.

— C'est pour cela, Messieurs, leur répondisje, que j'aurai besoin de votre coopération pour me donner les ouvriers dont j'ai besoin pour établir des machines dont je leur donnerai le dessin, et desquelles, s'il est nécessaire , je ferai un petit modèle. Quand tous ces engins seront prêts, j'en indiquerai l'emploi à chacun de vous , et en peu de jours Mirabilis sera réédifiée sur des bases inébranlables.

Des applaudissements unanimes accueillirent mes dernières paroles.

Le lendemain, les ingénieurs m'amenèrent les artisans dont j'avais besoin pour exécuter mes engins et autres objets. Je commandai aux charpentiers des cabestans horizontaux et verticaux, tous avec leurs anspects ; aux forgerons , de gros anneaux de fer et leurs pitons ; des crochets de différentes formes et de fortes chaînes de différentes longueurs. Aux cordiers, des cordages et des cordes. Aux mécaniciens, des crics.

J'expliquai à tous les artisans, non-seulement par des paroles, mais aussi par des dessins et par de petits modèles en bois et en argile, tous les

engins qui m'étaient nécessaires, et leur er
donnait les dimensions qu'ils devaient avoir. Je
surveillai leur travail, et, quatre jours après, je
pus réunir une grande partie de mes engins. Les
mécaniciens seuls ne réussirent pas; mais j'avais
le moyen de les suppléer par une charpente que
je ferais établir, par des poulies qui y seraient
attachées, par mes cordages, mes cabestans et
mes leviers.

Le sixième jour, je réunis les ingénieurs pour
faire le tracé du double cercle pour l'emplacement du palais royal, et celui auquel devaient
aboutir ou commencer toutes les rues de la
ville; ce travail fut terminé dans la journée.

Le septième jour, tous les artisans parvinrent
à faire arriver dans le double cercle tous les engins que j'avais commandés, et que je fis placer
aux endroits qu'ils devaient occuper, en face et
sur les côtés du palais.

Le huitième jour, je demandai aux ingénieurs

de me fournir deux cents hommes et cinquante chevaux.

Le neuvième jour, tout ce dont j'avais besoin était prêt. Jallai en prévenir le roi, et lui annoncer que mon opération commencerait le lendemain matin. Le roi, ivre de joie, me serra dans ses bras et m'embrassa, en me prodiguant les expressions les plus flatteusés et les plus affectueuses.

Dès le matin du dixième jour, un bruit insolite régnait dans toute la ville ; la nouvelle que j'avais portée au roi, fut bientôt sue de tous les habitants, dont la joie était au comble ; car ils étaient tous montés sur leurs maisons ! qu'on me pardonne ce jeu de mots, tous impatients de jouir du succès de mes opérations.

C'était un spectacle curieux de voir toutes ces maisons, couvertes par leurs habitants, qui manifestaient leur joie par leurs gestes animés, par leurs chants et par les sons de divers instruments ; c'était une joie général causée par la prochaine réédification de leur ville, naguère si jolie, et que bientôt ils reverraient plus belle encore par sa régularité. Bientôt disparaîtrait ce labyrinthe; bien ce chaos feraitplace à une nouvelle création.

J'étais au palais à l'heure que j'avais indiquée; je vis arriver les ingénieurs; nous nous serrâmes la main; nous étions tous d'un parfait accord tous animés du meilleur esprit; il étaient tous disposés à exécuter mes ordres. Nous nous rendîmes dans l'enceinte du tracé d'un double cercle, où j'avais fait placer mes engins par les artisans: j'expliquai à chacun des ingénieurs leur proprié-té. Je fis attacher les anneaux de fer sur la faça e et sur les côtés du palais; je fis mettre d x hommes pour le service de chaque cabestan, aux-quels je fis connaître l'usage des anspects; cinq hommes à chaque anneau de fer de la façade et des côtés du palais; les chevaux étaient placés derrière les cabestans, afin de les avoir tous sous la main, en cas de besoin. Tout étant prêt, j'en-voyai un des ingénieurs prévenir le roi, que j'allais commencer mon opération. Le roi parut au balcon avec la reine, que nous saluâmes du cri de : Vive le roi ! vive la reine ! Ils nous saluèrent de la main. Alors, je criai fortement : Attention. Je vis que chacun était à son poste, et je criai à l'ingénieur que j'avais placé aux cabestans :

— Faites jouer les cabestans de face.

Le palais s'avança majestueusement jusqu'au tracé, et je criai : Alte. La même manœuvre fut exécutée sur les côtés du palais, qui se trouva assis régulièrement sur la base que je lui avais fait préparer par les terrassiers et les maçons.

Le roi et la reine paraissaient être fort émus, et témoignaient leur joie, leur bonheur par les saluts et les baisers qu'ils nous envoyaient de la main. Les mêmes témoignages et les acclamations nous venaient des dames et des dignitaires, qui occupaient toutes les fenêtres du palais. Mais ma besogne n'était pas achevée, il me restait à assujettir le palais à la place qu'il occupait maintenant : tout était préparé pour cette opération. Je fis fixer des chaînes aux anneaux de fer que j'avais fait attacher à la charpente de soubassement du palais, et l'autre bout des chaînes fut scellé dans les massifs de pierres que j'avais fait préparer; les maçons et les forgerons firent leur besogne, et le palais fut à l'abri des coups de vent.

Nous nous occupâmes alors, les ingénieurs et moi, de notre travail du lendemain, qui consisterait à régulariser les rues de la ville. C'était maintenant l'affaire des ingénieurs; ils connaissaient mon plan et les engins, que j'avais fait établir; alors ils pouvaient agir comme ils m'avaient vu opérerer pour le palais. Cependant je n'abandonnai pas mon poste de directeur général, et le onzième jour j'y étais des premiers : je désignai les plus belles maisons pour être placées sur le cercle, en face du palais où devaient aboutir les rues de la ville, et les autres maisons pour être reléguées plus loin. L'important, pour le moment, était de déblayer le quartier voisin du palais, afin de pouvoir commencer le tracé des rues. Après avoir donné mes ordres, j'allai visiter le gouverneur, qui, à mon entrée, me dit :

— Vous arrivez fort à propos ; voici un paquet que le roi me charge de vous remettre, à vous-même ; je m'en réjouis pour vous, car ce doit être pour affaire importante ; lisez ce message ; vous devez être aussi pressé que je le suis moi-même d'en connaître le contenu.

J'ouvris le paquet, qui renfermait deux papiers : l'un était une lettre autographe du roi, qui me complimentait sur le succès de mes opérations et m'en exprimait sa satisfaction ; l'autre était une espèce de parchemin, en tête duquel était écrit :

« Titre de noblesse et de propriété donné par
» nous, Mirabilo premiero, roi de l'île des Mer-
» veilles, à notre directeur général des traveaux
» de Mirabilis, que nous nommons Duc de Ma-

» raviglia, et propriétaire de cette terre que nous
» érigeons en duché.

» Fait en notre palais de Mirabilis, le, etc. »

Le gouverneur me félicita sur mes succès, et je
le quittai pour me rendre à mon poste. Je vis
avec plaisir que tous mes ordres s'exécutaient
parfaitement, et j'en témoignai ma satisfaction
aux ingénieurs, dont le zèle augmenta à tel point,
que, dans la même journée, tout fut préparé
pour le tracé des rues, des places, jardins publics, squares, fontaines, colonnes, etc.

Le douzième jour, le tracée des rues, des places et des jardins fut exécuté, et les treize, qua-
torze et quinzième jour furent employés à placer
les maisons sur le tracé.

Les seize, dix sept, dix huit et dix neuvième
jours furent employés à préparer et entourer de
grilles provisoires en bois, les jardins publics, les
squares et la place que devait occuper chacune des
fontaines,

4..

J'allai chez le roi pour lui annoncer que nous touchions à la fin des travaux assentiels, et Sa Majesté, pourrait, le lendemain, visiter sa nouvelle ville, si elle le désirait.

— C'est mon plus ardent désir, me dit le roi ; j'irai demain admirer vos travaux.

— Cependant, Sire, ils ne sont pas encore perfectionnés ; l'essentiel est fait ; mais il me faut encore quelques jours pour terminer les embellissements de Mirabilis. J'aurai l'honneur de faire connaître à Votre Majesté tous les ornements dont j'ai l'intention de décorer sa capitale.

— A cet égard, mon bon ami, comme en tout ce que vous jugerez convenable de faire, je vous laisse une entière liberté.

— Merci, Sire ; Votre Majesté sera satisfaite.

Le lendemain, vingtième jour, le roi et la reine, portés dans une litière par deux chevaux, vinrent visiter la nouvelle Mirabilis, dans laquelle ils entrèrent par la rue royale, qui aboutissait en face du palais royal. Leurs Majestés étaient suivies d'une nombreuse cavalcade, composée des dignitaires et des gardes du roi. Leurs Majestés furent reçues par les habitants aux cris de : Vive le roi! vive la reine! La longue rue royale retentissait des acclamations de la multitude. Leurs Majestés paraissaient heureuses et manifestaient leur joie par les saluts gracieux qu'elles adressaient au peuple, aux ingénieurs, aux artisans et aux ouvriers, parmi lesquels fut poussé le cri de : Vive le directeur général! Lorsque Leurs Majestés furent arrivées aux places destinées pour les jardins, les squares, les fontaines, etc., elles ne purent dissimuler leur joie et leur admiration en se figurant ce qu'elles seraient étant achevées.

Le roi et la reine, voulant me témoigner leur satisfaction sur-le-champ même de mes travaux, me firent appeler ; je n'étais pas loin, car j'étais désireux de juger par moi-même l'effet que produirait sur Leurs Majestés l'exécution de mon plan. On me trouva facilement, et je me rendis auprès d'elles. En me voyant, le roi me dit :

Venez, mon bon ami, venez jouir du plaisir que vous nous procurez par l'admirable réussite de vos opérations ! Venez aujourd'hui dîner avec nous, et vous nous expliquerez quelles sont vos intentions pour le perfectionnement et les embellissements des places que vous avez préparées.

A l'heure du dîner, je me rendis au palais royal ; l'huissier m'annonça, très-probablement d'après l'ordre du roi, sous le titre de : Sa Seigneurie, le duc de Maraviglia, directeur-général des travaux de Mirabilis. Ces titres ne me parurent pas causer de surprise aux personnes présentes, parce qu'elles avaient été témoins du succès de mes opérations et qu'elles partageaient l'enthousiasme général.

Après le dîner, je fis part au roi et à la reine des embellissements que j'avais l'intention d'exécuter sur les plans que j'avais préparés, et sur lesquelles je ferais établir des jardins, des squares, des fontaines ; que les grilles en bois, n'étant que provisoires, seraient remplacées par d'autres en fer ; que j'allais m'occuper d'en faire les ornements et les dessins, et que tout serait achevé sous huit ou dix jours.

Le roi et la reine étaient dans le ravissement, et manifestaient leur bonheur par leurs regards et leurs paroles affectueuses.

Le lendemain, je dessinai mes fontaines et leurs ornements, que déjà j'avais composés, ainsi que ceux pour les grilles.

Le vingt-deuxième jour, je fis le tracé des jardins et des squares, au milieu desquels je traçai la place des fontaines.

Je chargeai un ingénieur de faire tailler les pierres pour les fontaines, d'après le dessin et les profils que je lui en donnai, et ainsi que les assises qui devaient supporter les grilles en fer. Je leur indiquai l'endroit où les portes des grilles devaient être placées, et je leur donnai le dessin des grilles, qui, toutes, seraient surmontées d'une pique que je ferais dorer : ce métal n'était pas très-rare dans l'île des Merveilles, mais on n'en connaissait pas l'usage pour la dorure. Je les instruisis à battre l'or, et ensuite à l'appliquer sur les objets que l'on voulait dorer. Les ingénieurs me secondèrent si bien, que, huit jours après, les fontaines étaient construites et les grilles placées.

Je fis bêcher les jardins et les squares, j'en fis tracer les sentiers d'après les dessins que je donnai aux ingénieurs, qui rivalisèrent de zèle et d'activité avec les artisans et les ouvriers.

Le vingt-troisième jour, je fis apporter des arbres, de jolis arbrisseaux et des fleurs en motte ; ils furent plantés aux places que j'avais remarquées, pendant que les doreurs appliquaient leurs feuilles d'or sur les piques des grilles. J'avais fait préparer deux grands réservoirs provisoires près des fontaines, je les fis remplir d'eau, afin qu'elles pussent couler au moment où le roi et la reine viendraient le lendemain visiter mes travaux. J'allai ensuite chez le roi pour lui annoncer que mes travaux étaient terminés, et que Leurs Majestés me feraient le plus grand honneur en venant les visiter.

— Nous ne saurions, mon cher duc, vous rendre trop d'honneur; venez demain déjeûner avec nous, et ensuite nous irons admirer vos nouveaux travaux !

Après le déjeûner, je me rendis en toute hâte sur la place que j'avais terminée, afin de m'assurer si tout était en ordre pour l'arrivée des augustes visiteurs; tout était tel que je l'avais ordonné. Je plaçai un homme près de chaque réservoir, avec ordre d'ouvrir les robinets à l'arrivée du roi et de la reine. Chacun était à son poste, et j'attendis avec impatience le cortége royal.

Bientôt les acclamations de la multitude me l'annoncèrent, et je vis entrer sur la place la litière de Leurs Majestés; il en firent le tour. J'étais dans le jardin, près d'une porte des grilles, d'où je pouvais juger de l'effet que mon ouvrage produisait sur le roi et sur la reine. Ils paraissaient surpris, étonnés, émerveillés de tout ce qu'ils voyaient. Le roi m'aperçut, fit arrêter sa litière, et me fit signe d'approcher. J'ouvris la porte de la grille près de laquelle j'étais placé, et je fus bientôt auprès de leurs majestés.

Jouissez de votre ouvrage, mon bon ami, me dit le roi, vous faites couler nos larmes, mais ce sont des larmes de joie, de bonheur. Je suis trop ému pour vous exprimer tout ce que j'éprouve, je le ferai plus tard ; faites-moi le plaisir, pour le moment, d'accepter ce léger témoignage de ma reconnaissance et le titre d'Excellence ministre des travaux publics.

A ces mots, il détacha sa chaîne d'or qu'il mit à mon cou, et la reine me présenta sa main à baiser.

A ce moment, des applaudissements partirent de toutes les croisées des belles maisons dont j'avais fait entourer la place ; les femmes agitaient leurs mouchoirs, et les hommes criaient : Vive le le roi! vive la reine!

— Vous l'entendez, me dit le roi : *Vox popu-li.* Ils partagent tous le bonheur que nous vous de vous!

Je ne trouvai pas une parole pour répondre au roi; l'émotion que j'éprouvais m'en ôta la faculté. Le roi s'en aperçut et me tendit sa main ; un silence s'en suivit, et le roi et la reine me prièrent d'aller dîner avec eux.

A ce banquet royal, je trouvai réunis tous les hauts dignitaires de l'Etat, dont maintenant je faisais partie. Tous ces messieurs me firent un très-gracieux accueil ; était-il sincère, n'était-il que simulé? c'est ce qui m'occupait fort peu. Je possédais l'amitié du roi, c'était tout ce que je désirais.

Le lendemain j'allais visiter le roi, qui me reçut à bras ouvert.

Je suis enchanté de vous voir, mon bon ami ;

car j'ai à vous renouveler mes remerciements
pour le bonheur que j'éprouve ; je n'avais jamais
été aussi heureux que je le suis, c'est pourquoi
j'ai l'intention de fonder une fête anniversaire
pour la réédification de Mirabilis.

— A cet effet, Sire, j'avais aussi un projet

— Lequel, mon ami ? il doit être bon.

— Ce serait, Sire, d'ériger une colonne sur la
place au bout de la rue Royale ; ce qui serait un
point de vue fort agréable et une belle perspec-
tive, vue du palais royale, par ses longues lignes
convergentes.

— Votre idée est superbe, mon ami.

— Mais, Sire, cette colonne serait d'un assez
ng travail, à cause des ornements dont je veux
la décorer, et dont le principal ne peut-être
sculpté que par moi ; il éterniserait le règne de
Votre Majesté, et l'époque de la réédification de
Mirabilis, que vous doivent ses habitants et ceux
de l'île des Merveilles.

— Ainsi qu'à vous, mon cher ami, reprit vivement le roi, Mais dites-moi, mon ami, quels seront donc les ornements de cette colonne ? Excusez ma curiosité, mais je ne puis y résister !

— Le fût de la colonne sera posé sur un piédestal dont les quatre côtés seront ornés de sculptures en rapport avec le sujet, et le sommet de la colonne sera couronné par la statue de Votre Majesté !

—Eh quoi ! me dit le roi, tremblant d'émotion, nous pouvons accomplir un aussi beau projet ?

—Oui, Sire, et demain j'espère pouvoir vous donner les dessins de la colonne et de ses ornements ; si Votre Majesté les trouve bien, alors je ferai tailler les pierres ainsi que les revêtements en marbre blanc, que je sculpterai. Pour la statue de Votre Majesté, je ferai tirer d'une des carrières un bloc de marbre blanc, que je sculpterai aussi moi-même, et j'exécuterai cet ouvrage à Maraglivia, parce qu'il ne sera vu de personne avant d'être placé sur la colonne ; Votre Majesté, seule le verra dans mon atelier ; elle pourra juger mieux que tout autre la différence qui existe lorsqu'elle est placée au lieu qu'elle doit occuper. Lorsque j'aurai déposé mon bloc de marbre, Votre Majesté aura la bonté de venir à Maraviglia me donner les séances dont j'aurai besoin pour faire sa ressemblance ; ou, pour ne pas la déranger, je modèlerai sa tête à Mirabilis, en argile, que je copierai sur le marbre.

— Je ferai ce que vous voudrez, mon bon ami ; disposez de moi en toute liberté.

— Je vous remercie, Sire ; car ce dernier ouvrage complètera la beauté de la splendide Mirabilis.

— Oh ! mon bon ami, vous allez mettre le comble à mon bonheur !

Le roi me pressait les mains, et des larmes de joie inondaient sa noble figure ; peu après, je pris congé de Sa Majesté pour aller esquisser ma colonne et pouvoir la présenter au net, le lende-main, à Sa Majesté ; mon projet était tellement bien empreint dans mon idée, qu'il fut terminé le lendemain matin. J'allai le porter au roi, qui en fut émerveillé, et il fit prier la reine de passer dans son cabinet pour le lui montrer. La reine fut ravie en examinant mon projet, qu'elle trouva admirable. Je pris congé de Leurs Majestés, et annonçai au roi que je partirais le lendemain pour Maraglivia, afin d'y préparer tous les marbres dont j'avais besoin.

VI

Je partis donc le jour suivant avec trois domestiques pour Maraglivia. C'était une charmante propriété, que je ne connaissais pas ; mais de laquelle je pris possession avec grand plaisir.

Les bâtiments étaient composés : du corps de logis principal, avec deux ailes en forme de parillons. Derrière étaient les bâtiments de décharge : remise, écurie, basse-cour, etc. Je fus étonné de voir que toutes ces constructions ne fussent pas soutenues par l'air, comme celles de Mirabilis, et j'en fus content ; mais ce contentement dura peu.

Le lendemain matin, à mon réveil, j'allai ouvrir la croisée de ma chambre, et je vis que tous les bâtiments étaient élevés en l'air à une hauteur de dix à douze pieds, ce qui me contraria beaucoup ; mais je remarquai, peu de temps après, qu'ils se rapprochaient de la terre ; cette remarque me fit réfléchir, et je pensai que le soleil, qui éclairait et échauffait le dessous de ces îles, produisait des vapeurs qui élevaient les maisons, et que, lorsque ces vapeurs se dilataient dans l'air, ces maisons redescendaient vers la terre.

J'avais remarqué, de ma croisée, un monticule que je voulais visiter. Désirant connaître ma propriété, je descendis à terre et m'élançai dans ma campagne. J'arrivai au pied du monticule, que je gravis : il était couvert de cendres et de matières volcaniques, bitumineuses, de lave, pierre ponce, etc. J'arrivai au sommet du monticule ; le terrain était sec et dur ; il me semblait l'entendre résonner sous mes pas. Je le frappai fortement du pied, et il en résulta un craquement épouvantable : c'était cette calotte sèche du monticule qui craquait et s'effendillait de tous côtés ; à la place où j'étais, cette croûte fléchit, s'entr'ouvrit, et je tombai dans le précipice qu'elle couvrait. Ma chute n'était pas rapide ; il me sembla que j'étais soutenu par une puissance invisible, lorsqu'une voix douce me dit :

— Ne craignez rien, je veille sur vous.

C'était la voix de ma sylphide, de Zica.

— Je descendis ainsi jusqu'au fond du précipice, où je fus reçu par mon sylphe, Zico, qui me dit :

— Vous tombez ici au milieu de nos ennemis, les gnomes, qui voudraient nous disputer les tré-

sors que renferme ce précipice et qui nous appar-
tiennent ; regardez tout et ne craignez rien ; votre
bon génie Za vous a confié à ma garde et m'a
donné le pouvoir de vous défendre, pouvoir et
ordre qu'il a reçus de Zadir, notre chef à tous.
Ainsi, agissez sans aucune crainte.

Alors je me levai de la pierre sur laquelle
j'étais assis afin de parcourir ce souterrain, où je
ne recevais d'autre lumière que celle qui me par-
venait du trou par lequel j'étais tombé ; cette
lumière était bien faible et diminuait à mesure
que j'avançais dans le souterrain; enfin elle disparut tout à coup. Je me trouvais dans l'obscurité. Je marchais toujours quand mes yeux furent
frappés d'une lumière éclatante, provenant d'une
large anfractuosité. Je m'en approchai pour y
pénétrer, lorsque le passage me fut disputé par
un animal monstrueux. C'était un dragon énorme, dont les yeux étaient comme deux escarbou-
cles, et dont la gueule effrayante vomissait des
flammes. Je voulais continuer d'avancer, quand

cet animal furieux s'élança sur moi pour me dé-
vorer ; mais, plus prompt que lui, je tirai mon
stylet et l'en frappai avec force sur le crâne. Il
tomba en poussant un long mugissement, qui,
répété par tous les échos du souterrain, ressem-
blait au roulement du tonnerre. Il déployait les
longs replis de sa queue, qui était terminée par
deux dards, afin de m'en percer, mais le coup
que je lui avais porté était mortel ; il tomba dans
les convulsions, fit des soubresauts effrayants,
mais j'étais toujours en garde. Enfin, épuisé par
cette terrible agonie, il mourut en vomissant un
sang noir et épais, d'une odeur fétide, qui se répandit dans le souterrain.

Cependant j'entrai résolument dans cette espèce
de grotte, qui soudain s'éclaircit d'une assez vive
lumière. Je fus ébloui par l'éclat des rayons
lumineux qui partaient de tous les côtés de la
grotte, qui était remplie de pierres précieuses
et de vases nombreux en or et en argent , d'une

valeur incalculable. J'appelai Zico, qui arriva aussitôt et me dit de sa voix douce :

— Je vous félicite de votre victoire, et vous voilà devenu le plus riche de l'univers.

— Non, lui répondis-je, ce trésor appartient au corps des bons génies, et je suis heureux de pouvoir le rendre à ses propriétaires légitimes.

— Très-bien, mon ami; Za et Zadir vont être instruits de votre brave et noble conduite.

A ces mots, il me quitta ; mais, peu de temps après, je reçus la visite de Zica, qui m'apparut comme elle l'avait fait dans l'île des fictions. Elle me dit :

— Je vous suis envoyé par mon frère, pour vous sortir de ce précipice, afin que vous puissiez retourner chez vous pour vaquer à vos affaires.

Elle resta quelque temps auprès de moi, et, malgré tout le plaisir que me causait sa présence, je ne pus résister au besoin impérieux de dormir, que, sans doute, elle avait provoqué ; car, à mon réveil, je me trouvai transporté sur le monticule, d'où j'aperçus ma maison. Je m'y rendis aussitôt, et fus étonné de la voir décorée d'un escalier pour y monter ou en descendre lorsque la maison était soutenue, suspendue par l'air. Mes domestiques avaient été inquiets de ma longue absence et m'avaient cherché en vain; ils me témoignèrent leur joie de me revoir.

Je montai à mon appartement; mais quelle fut ma surprise en le trouvant richement décoré et rempli de meub'es magnifiques et d'un goût recherché. Je compris que mon bon génie Za était l'auteur de cette métamorphose, et j'en fus heureux.

Je m'occupai alors de mes travaux pour la colonne de Mirabilis. Je fis venir de la petite ville, dont j'étais le seigneur, les propriétaires des marbrières, qui me fournirent les marbres dont j'avais besoin. Je désignai dans mes bâtiments de décharge celui qui me convenait pour en faire mon atelier. Fort heureusement, ces bâtiments tenaient au sol et n'étaient pas, comme les autres, soulevés par l'air pendant la nuit ; ce qui donnerait beaucoup plus de facilité aux mineurs pour y faire entrer les marbres et les pierres dont j'avais besoin pour les sculpter. Ensuite, je fis venir un serrurier pour me faire des outils dont je lui donnai les modèles, et un charpentier pour me faire un échafaud, un marche-pied, un escabeau et un piédestal.

En attendant que toutes ces choses me fussent apportées, je visitai en détail mon habitation à l'extérieur, et à l'intérieur, que j'examinai plus attentivement et plus minutieusement. J'admirais surtout le goût exquis des ornements et la beauté des meubles de mon appartement? J'étais assis dans un très-beau fauteuil, dont les coussins moelleux, le silence et le bien être que j'éprouvai me portèrent à l'assoupissement, et enfin au sommeil, pendant lequel je rêvai que j'étais dans la grotte du précipice ; et, quoique profondément endormie, je sentais que mes yeux étaient frappés par l'éclat des rayons que lançaient toutes les pierres précieuses qu'elle renfermait ; toutes ces pierres n'étaient cependant qu'à l'état de cabochon, c'est-à-dire polies ; quel eût donc été leur éclat si elles eussent été taillées ? les yeux n'auraient pu le supporter sans en être blessés : C'était une vue bien séduisante ; mais je ne regrettais pas le sacrifice que j'en avais fait, au contraire, je me sentais heureux d'avoir fait mon devoir. Je dormais paisiblement, comme le juste, dont la conscience est pure.

En m'éveillant, j'éprouvai du plaisir à contempler mon appartement ; tous ces meubles si beaux, ils étaient bien à moi ? Je remarquai, pour la première fois, que les clés étaient à la porte et aux tiroirs de chaque meuble ; l'envie me prit d'en voir l'intérieur ; je commençai par celui qui était le plus près de moi : c'était un fort beau secrétaire. Je l'ouvris, et je vis une rangée de tiroirs de chaque côté, tous garnis de baguettes en or; le bouton de chaque tiroir était formé d'un très gros diamant, taillé à facettes; le carré entre les deux rangées de tiroirs était occupé par une boîte d'un bois précieux et incrustée d'arabesques en filets d'or qui serlissaient les émeraudes pour les feuilles et les diamants, les rubis, les topases, les améthystes, les aigues marines pour les fleurs. J'ouvris d'abord les tiroirs, et ma surprise devint extrême en les voyant remplis de pièces d'or, dont le champ avait pour type ma tête vue de profil, pour légende : *Russo, dux Maraviglia et civita bellina*, et pour exergue : *Mirabilis annus MVIILX.* J'ouvris ensuite une commode ; j'en visitai les tiroirs. Le tiroir supérieur était rempli de bijoux précieux, et les trois autres de pièces d'argent au même millésime MVIIILX. J'ouvris ensuite les armoires; les tablettes du haut étaient garnies d'un linge de la plus grande beauté, en chemises, draps, etc.; le bas de ces armoires était rempli par des boîtes renfermant des pièces d'argent de différentes va-

leurs, frappées du même type, de la même légende, du même exergue, et du même millésime
que les pièces d'or. Le bas de ces armoires était
occupé par des caisses contenant des pièces de
monnaie de billon.

J'ouvris ensuite deux grands placards ou garde-
robes, fournis d'une quantité considérable de
vêtements, tant pour mon usage journalier que
pour les jours de représentation ; ces derniers
étaient ornés de riches broderies ainsi que les
manteaux de cour, qui étaient d'une grande magni-
ficence. Dans une boîte richement ornée, je trouvai ma couronne ducale.

Peu de jours après, je reçus mes marbres, que
je fis déposer dans le lieu où je devais les travailler. Je chargeai ces hommes de m'apporter
au plus tôt de l'argile ou terre glaise, dont je leur
indiquai la quantité, et d'avoir soin de l'envelop-
per d'une grosse toile mouillée.

Lorsque j'eus cette argile, je fis acheter deux
chevaux et une litière.

J'allai visiter Civita Bellina, dont j'étais le seigneur, et j'eus la satisfaction d'être fort bien accueilli de ses habitants.

A mon retour à Maraglivia, je vis avec plaisir que les mineurs avaient apporté l'argile, et, le lendemain matin, je partis pour Mirabilis, avec deux de mes domestiques. Je descendis chez le gouverneur, qui me reçut en ami. J'occupai le même appartement, et je lui demandai une pièce basse de son palais, dont j'avais besoin pour un ouvrage de sculpture, et dans laquelle je pusse recevoir le roi, qui viendrait quelquefois m'y visiter. Il me dit :

— Vous savez, mon ami, que mon palais est à votre disposition ; vous choisirez la pièce qui vous conviendra.

Je visitai le palais, et choisis une pièce convenable pour mon travail.

Je fis appeler un des ingénieurs, que je chargeai de me faire un marche-pied, un piédestal et un escabeau. Il me les promit pour le lendemain. Alors j'allai visiter le roi, qui me reçut comme d'habitude, avec la même bonté. Je prévins Sa Majesté que tout était prêt pour commencer sa statue, que je ferais la tête à Mirabilis ; mais que, pour le corps de la statue, il serait mieux de le modeler dans l'atelier que j'avais fait établir à Maraviglia.

—Très-bien, mon bon ami, je me rendrai chez vous ; ce sera pour moi une partie de plaisir.

—Et pour moi, sire, un jour de bonheur.

La tête fut modelée le même jour ; mais je priai le roi de me donner une seconde séance le lendemain, pour les retouches. Le roi y consentit avec plaisir. Le jour suivant la tête fut achevée, et le roi décida qu'il viendrait à Maraviglia huit jours après.

—Mais, Sire, si la séance se prolongeait, Votre Majesté daignerait-elle m'accorder la faveur d'accepter l'hospitalité chez son humble sujet.

—Dites chez un ami, repartit le roi. Mais, mon cher duc, l'hospitalité chez un ami est une chose trop douce et trop agréable pour être refusée. J'accepte donc votre invitation avec grand plaisir.

N'ayant pas de praticien, je fus obligé de dégrossir moi-même mon bloc de marbre et d'ébaucher la tête d'après le modèle en argile que j'en avais fait ; ce travail, assez fatigant, fut terminé en six jours ; le septième jour, je me reposai et j'allai me promener vers un petit lac que j'avais dans ma propriété. L'atmosphère était chaude ; la limpidité de l'eau me donna le désir de m'y baigner. Je me débarrassai de mes habits, et je m'élançai dans ce beau lac, entouré d'arbres et d'arbrisseaux qui se reflétaient sur la surface de ses eaux. Je le parcourais à la nage en tous sens, lorsque j'arrivai sur un tourbillon que j'avais remarqué du rivage et que j'eus l'imprudence de ne pas éviter. La règle, en pareil cas, est de se laisser aller à son mouvement jusqu'à deux ou trois

pieds sous l'eau, et alors par un coup de mari-
nière, on fend le tourbillon et l'on en sort. Je
négligeai ce mouvement et fus entraîné dans un
canal souterrain où, fort heureusement, je heur-
tai un rocher aux anfractuosités duquel je m'ac-
crochai. Je grimpai vivement après ses inégalités,
et j'eus le bonheur d'arriver à un trou dans lequel
l'air pénétrait. Il était temps ; ce moment de res-
piration ranima mes forces ; je parvins à entrer
dans ce trou, qui s'élargissait à mesure que j'avançais ; bientôt je pus m'y tenir debout. J'avançais
toujours ; mais au lieu de monter à la surface de
la terre, comme je l'espérais, je sentis que je sui-
vais une ligne opposée ; j'étais dans une profonde
obscurité, quand tout à coup mes yeux furent
éblouis par une vive lumière vers laquelle je me
dirigeai, et j'entrai dans un espace où le vif éclat
de rayons lumineux m'éblouit et me força, pendant quelques instants, à fermer les yeux : j'étais
dans une enceinte de cristal, à travers lequel
pénétrait les rayons du soleil. En effet, j'étais

au-dessus du soleil, et, conséquemment, sous la surface supérieure de l'île des Merveilles, d'où je pouvais apercevoir les planètes récemment découvertes, que je visiterai plus tard.

VII

Je me trouvais dans une position fort embar-
rassante dans mon rocher de cristal. 'Comment
en sortir? Je ne pouvais pas remonter à la nage
le canal souterrain, à cause de sa rapidité et de
la faiblesse que j'éprouvais par le besoin de nour
riture ; j'eus donc recours à Zico, que j'appelais,

et j'entendis presque aussitôt sa douce voix, qui cependant me grondait un peu de mon imprudence. Un instant après, je me trouvai transporté au bord du lac, où je retrouvais mes habits, dont je me revêtis ; et, après avoir remercié Zico, je retournai chez moi, où je mis tout en ordre pour recevoir le roi, qui devait venir le lendemain.

J'envoyai à Civita Bellina, acheter les provisions qui nous manquaient pour le séjour de Sa Majesté. Les appartements furent préparés pour le roi et pour sa suite ; mon atelier fut nettoyé avec soin, et je fis placer un beau fauteuil à l'endroit où le roi devait poser : tout fut près pour sa réception.

Le lendemain, le roi arriva sans escorte, et accompagné seulement de trois domestiques. J'allai le recevoir à la descente de la litière ; il me serra la main affectueusement, et je le conduisis au salon, qu'il examina attentivement, et parut émerveillé de la beauté des ornements, dont il m'attribuait tout le mérite. Il ne m'était pas permis de l'en dissuader; il me fallut, bien malgré moi, garder le silence.

Le jour même, le roi me donna séance pour la tête, et je fis un dessin de la statue, qu'il trouva bien.

Le lendemain, je préparai le fini de la tête en marbre, qui fut terminée le jour après.

Le roi partit pour Mirabilis, et je lui promis que la statue et les revêtemens en marbre blanc y seraient transportés quinze jours après. Je priai Sa Majesté de faire établir, par les ingénieurs, une baraque près du tracé que j'avais fait à l'emplacement que devait occuper la colonne, afin d'y déposer tous les objets que j'exécutais. Il me le promit. Resté seul, je dégrossis le corps de la statue, je préparai les ornements des revêtements, et je m'occupai des moyens de transport de tous ces objets. Ces moyens me furent donnés par les bons habitants de Civita Bellina, qui s'empressèrent de répondre à mon appel.

que c'était pour le service du roi et pour le mien.

Au jour désigné, vingt-cinq hommes arrivèrent à Maraviglia, amenant douze chevaux et trois traîneaux, sur lesquels ils chargèrent la statue et les revêtemens en marbre que j'avais fait couvrir de grosse toiles.

Le convoi partit pour Mirabilis; je le suivis dans ma litière, et tout arriva en parfait état à sa destination. Les ingénieurs avaient fait préparer la baraque, dans laquelle je fis déposer la statue et les revêtements; après quoi j'allai faire ma visite au roi, qui m'accueillit avec bonté et me retint à dîner. Il parut enchanté d'apprendre que toutes les choses que j'avais exécutées étaient arrivées intactes à Mirabilis et déposées dans la la baraque où personne ne les verrait avant l'érection de la colonne. Après le dîner, j'allai visiter le gouverneur, qui me prévint que mon appartement était préparé pour me recevoir, et qu'il me

priait d'en agir chez lui comme je le ferais chez-
moi.

Je passai une fort bonne nuit ; et, le lendemain, je me rendis sur la place de la colonne, où
je trouvai les ingénieurs réunis, d'après l'ordre
qu'ils en avaient reçu du gouverneur ; ils vinrent
tous me serrer la main et parurent me revoir
avec plaisir. Je leur demandai de m'envoyer au
plus tôt les tailleurs de pierres et les maçons
pour établir le massif de pierres pour les fondations de la colonne, dont le piédestal reposerait
sur ce massif. Je traçai la grandeur du trou que
l'on devait creuser, afin d'y établir des fondations
solides ; ils firent diligence, car le lendemain
matin, lorsque j'arrivai sur le lieu des travaux, je
trouvai tous les ouvriers occupés, chacun en ce
qui le concernait. Je fis creuser le trou pour les
fondations de vingt pieds environ de profondeur ;
les tailleurs de pierre travaillaient avec ardeur, et
je leur prodiguais des paroles d'encouragement.
Le lendemain le trou était creusé et les maçons

prêts à commencer le massif; Alors je donnai aux ingénieurs le diamètre de chaque pierre arrondie pour le fût de la colonne, et la largeur des pierres pour le piédestal carré. Enfin tout se fit avec un tel entrain que, quatre jours après, le piédestal put être construit sur le massif. Chaque soir je faisais part ou gouverneur des progrès de mes travaux. étant parfaitement compris et secondé par les ingénieurs, les artisans et les ouvriers, et que je le priais d'en informer le roi.

— Je le ferai avec plaisir, mon ami, par ce qu'il est juste que le roi leur en témoigne sa satisfaction, qu'ils s'attribueront au rapport que vous avez fait, et ils vous seconderont encore avec plus d'ardeur.

C'est ce qui arriva peu de jours après ; je fis poser la base de la colonne sur laquelle les ingénieurs superposèrent les autres pierres du fût, dont je leur avais donné le diamètre. Enfin, quinze jours après, la colonne était arrivée à la hauteur que j'avais désignée pour le couronnement, on y plaça le piedestal de la statue, revêtue en marbre blanc à la base, au dé et à la corniche. Alors, j'employai les charpentiers pour les échafauds autour de la colonne pour élever la statue; j'employai les mêmes moyens que j'avais vus employer à Paris, pour la colonne de la place Vendôme. Tout réussit parfaitement. J'allai prévenir le roi que tout était prêt pour l'inauguration de sa statue sur la colonne, et je le priai de désigner le jour qui lui conviendrait pour cette inauguration. Le roi, transporté de joie, me dit :

— Le plus tôt qu'il vous sera possible, mon bon ami.

— Alors, Sire, ce sera pour demain.

Tous les habitants en furent instruits en peu de temps. L'allégresse était répandue dans toute la ville.

Le lendemain, la place et la rue Royale étaient couvertes par les habitants, tous palpitant de

crainte et de plaisir ; le moment était solennel.
Tous éprouvaient une certaine anxiété ; mais,
lorsqu'ils virent la statue du roi, élevée au-des
sus du couronnement de la colonne. et qu'on la
posa majestueusement sur son piedestal , débarrassée de sa toile dont elle avait été couverte jusqu'alors, le silence de mort qui avait régné pendant cette opération fit place aux acclamations de
la foule, qui manifestait sa joie, son bonheur par
les cris de Vive notre bon roi. Honneur au directeur général ! L'enthousiasme était à son comble. Le lendemain, je fis établir douze bornes en
pierre, surmontées de boules en cuivre doré ;
j'en fis placer trois devant chacun des côtés du
piedestal de la colonne. Ces bornes étaient re-
liées entre elles par des chaînes en anneaux
oblongs , dont les bouts, attachés à volonté aux
boules de cuivre , laissaient prendre entre elles
une forme de guirlande. Le terrain fut aplati et
aplani et recouvert d'un fin gravier.

Le roi et la reine vinrent visiter et examiner

mon travail, qu'ils n'avaient vu qu'imparfaitement la veille, à cause du grand concours des
habitants, et de l'émotion qu'ils éprouvaient. Ils
me félicitèrent sur la beauté de mon travail et
m'engagèrent à aller dîner avec eux. Je me rendis à leur invitation ; je reçus les félicitations du
roi, de la reine et de tous les dignitaires. Puis,
m'adressant au roi et à la reine :

Je reçois avec bonheur les félicitations de Vos
Majestés, c'est ma plus douce récompense ! mais,
il me reste à terminer le travail des ornements
du piedestal de la colonne, qui ne sont qu'à l'é-
tat d'ébauche ; puis ce travail terminé, j'ai un
autre projet.

Lequel, mon bon ami, s'écria le roi.

Sire, mon projet serait d'établir des fontaines
sur les places que j'ai faites, et, par ce moyen,
donner de l'eau à tous les quartiers de votre capitale, pour les besoins de ses habitants. Pour la
santé et la salubrité publiques, je ferai établir

des bains publics et des lavoirs, afin d'entretenir la propreté si utile à la santé.

— Excellent, s'écria le roi ; mais, mon bon ami, comment ferez-vous? nous n'avons pas d'eau ici.

— J'en ferai venir, Sire.

Le roi s'écria.

— Sublime !

Et mon projet fut accueilli par tous les conviés du banquet royal, au bruit de leurs applaudissements, auxquels se joignirent ceux du roi et de la reine.

Le lendemain, je donnai l'ordre à un ingénieur de faire placer des échafauds mobiles, garnis de toiles, autour du piedestal de la colonne, afin d'en pouvoir terminer les ornements.

Je rentrai au palais du gouverneur ; mais, en passant dans une des nouvelles rues, je vis, sur le pas de la porte d'une maison, une jolie femme qui me salua de la main, en souriant ; je la reconnus à l'instant même : c'était la dame

hospitalière qui m'avait accueilli lors de mon arrivée à Mirabilis. Je lui témoignai la joie que
j'éprouvais de cette rencontre, après l'avoir cher-
chée en vain.

— Mais, me dit-elle, je vous ai vu plusieurs
fois dans vos grands travaux de directeur-général des travaux de Mirabilis ; je n'ai pas osé vous
parler, car le roi vous a fait grand seigneur, et
vous le méritez bien.

— Mais, lui dis-je, vous avez eu tort ; car si
je pouvais vous être agréable, je saisirais avec
empressement l'occasion de reconnaître l'accueil
hospitalier que vous m'avez fait sans me connaître. Dans le cas où vous auriez besoin de mes
services, adressez-vous à moi, soit chez le gouverneur de Mirabilis, sous le titre de Son Excellence le ministre des travaux publics, soit à
Maraviglia, sous le titre de : M. le duc de Maraviglia, et croyez que j'emploierai tout mon cré-
dit pour vous être utile, ne craignez pas de
m'importuner ; car vous me ferez le plus grand

plaisir en acceptant mes offres. Vous connaissez mes titres et ma résidence ; maintenant voulez-vous me donner votre nom et votre adresse?

— Avec grand plaisir : mon nom est Kissa, via Grande.

Rentré chez le gouverneur, je le priai de faire appeler les ingénieurs, afin de leur communiquer mon plan et mes instructions sur les machines à établir et les travaux à exécuter pour faire venir de l'eau à Mirabilis, et établir des fontaines, des bains et des lavoirs publics. J'avais déjà faits tous ces plans.

Les ingénieurs furent tous réunis le lendemain matin dans l'appartement que j'occupais chez le gouverneur ; je leur expliquai mes plans et mes projets d'exécution ; ils les comprirent tous, à l'exception de la pompe à feu, qu'ils ne comprenaient pas. Je leur expliquai que c'était par la force motrice de la vapeur qu'on faisait agir cette pompe ; ils restèrent stupéfaits et me dirent qu'ils ne pensaient pas que leurs mécaniciens fussent

capables d'établir une machine aussi extraordi
naire.

— C'est âcneux, leur dis-je, mais nous
supléerons par des moulins à vent dont je don
nerai le dessein ; ils comprendront mieux.

Les ingénieurs revinrent chez moi le lende
main. J'avais fait le dessin des fontaines, des
bains, des lavoirs, et celui du moulin à vent,
qui devait être construit à Maraviglia, sur le bord
de mon lac, dont la belle eau alimenterait les
fontaines, les bains et les lavoirs de Mirabilis.
J'avais fait le dessin du moulin à vent d'après
ceux que j'avais vus en Hollande, qui servent au
même usage. Puis je fis un second dessin qui atteignait également mon but, qui était de remplir
d'eau le grand réservoir élevé que je ferais construire. Le moyen employé dans ce dernier était
la vis d'Archimède.

Les ingénieurs finirent par me comprendre
parfaitement.

Alors je leur ordonnai de faire creuser un petit

canal de Maraviglia à Mirabilis pour le passage des eaux. J'allai avec deux ingénieurs à Maraviglia pour tracer la place des moulins, du réservoir et celui du canal; je leur dis d'employer l'espèce de charrue qu'ils emploient pour le labourage afin de donner plus de profondeur au tracé et qu'ils le fissent creuser ensuite par le nombre d'hommes qu'ils jugeraient nécessaires à l'accomplissement de nos travaux.

J'avais à peu près terminé les ornements du piédestal de la colonne.

Au bout d'un mois, les fontaines, bains et lavoirs étaient terminés, ainsi que les moulins, les réservoirs et le canal. J'allai en prévenir le roi, et lui annoncer que, le lendemain, les eaux arriveraient à Mirabilis. Le roi éprouvait une émotion telle qu'il ne put articuler aucune parole pour me témoigner sa satisfaction; il me serra dans ses bras, m'embrassa et me pria d'aller déjeuner avec lui le lendemain et qu'après le déjeuner, nous irions ensemble admirer mes nouvelles merveilles. Ce sont ses paroles.

Le lendemain, de bonne heure, tous les habitants de Mirabilis étaient sur pied; ils savaient que l'eau devait arriver ce jour-là dans la ville; leur joie était inexprimable!

J'allai déjeuner avec le roi, et, après le déjeuner, je montai dans la grande litière du roi qui m'y fit asseoir auprès de lui. La reine suivait dans une autre litière accompagnée de sa première dame d'honneur. Toute la garde royale, tous les dignitaires du royaume étaient à cheval t escortaient les deux litières royales. Le cortége était brillant; la joie paraissait animer toutes les physionomies. Le peuple était enthousiasmé. Les cris de vive le roi! vive la reine! vive le directeur-général! éclataient de toutes parts. Toutes les fontaines que j'avais fait construire fonctionnaient fort bien; les bains et les lavoirs publics

étaient remplis d'eau; enfin tout avait réussi selon mon désir.

En retournant au palais, le roi fit arrêter sa
litière devant la colonne, qui, maintenant, était
débarrassée des échafauds mobiles et des toiles
qui en masquaient les ornements; il les admira
et me serra la main en signe de satisfaction;
puis il me dit que, pour terminer une aussi belle
journée, il donnait un festin aux grands person-
nages de sa cour, et qu'il me priait d'en faire
partie. Je le remerciai de l'honneur signalé qu'il
daignait me faire, et je me rendis au festin royal.
J'y fus accueilli avec distinction. Tous mes travaux étaient terminés; j'avais abandonné, pour
le moment, le projet d'aller visiter les trois îles
du Delta; je le ferai plus tard. Décidé à retourner dans ma famille, je pris congé du roi, qui
répandit des larmes en me faisant ses adieux.

LIMOGES. — IMPRIMERIE DE BARBOU FRÈRES.

www.ingramcontent.com/pod-product-compliance
Lightning Source LLC
Chambersburg PA
CBHW060828250626
47162CB00005B/1980